望乌托邦

红雨

赤い雨
罪人の選択

[日]贵志祐介◎著
丁丁虫 译

北京理工大学出版社
BEIJING INSTITUTE OF TECHNOLOGY PRESS

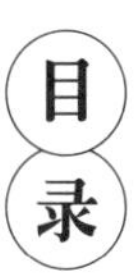

红雨

·1·

血红色的雨，满载着血泥藻的孢子，倾泻在暗褐色的大地、赤褐色的大海上。泡沫翻滚，波浪的颜色宛如装在塑料袋里的鲜血。

右手边可以望见初岛和遥远的大岛，数万年来都是如此，几乎没有变化，但颜色一变，便仿佛到了另一个星球似的。

浓厚的红色遮天蔽日，连赤潮都相形见绌。即便南下到小笠原群岛，也没有什么差异。庆良间群岛、塞舌尔群岛、马尔代夫，地球上已经没有天蓝色的大海了。

珊瑚和吞食珊瑚的海星都消失了。所有的鱼类、海洋哺乳类、软体动物、棘皮动物、腔肠动物，等等，大约全都灭绝了。

地球正被新出现的生物——血泥藻蹂躏。

橘瑞树站在热海穹顶内侧，透过蜂巢般的六边形透明面板，出神地望着地狱般的荒凉景象。

栅格中无休止地喷射着强力的气流，不断将倾盆而下的红雨吹走，但偶尔还是会粘上红色的浑浊水滴。那水滴宛如具有意志的生物，一边滑落一边汇合。水滴探出的伪足带有正电荷，所以碰到正电极就会颤抖起来，弹飞出去，消失得无影无踪。

“在看什么？”麻生光一从小睡中醒来问。

“秋雨……”瑞树回答，并没有把视线从海上收回来，“凌晨开始就一直在下。”

“别看了。外面的世界，看一眼都让人心烦。”光一不屑地说。

“屏幕！”随着他的指令，折叠在周围的白色六边形面板陆续展开，盖住穹顶内侧。

“以前的小笠原海多美啊，翡翠色的。”

伴随着宛如自然声的逼真声响，屏幕上显示出美丽的立体影像。短短几十年前，这还是地球的真实景象：清澈的蓝天下，翡翠色的大海呈现出深绿到绿色的鲜艳渐变。擦着海面飞行的摄像机钻进海里，蓝色、白色、红色、绿色的珊瑚礁，鲜艳的黄色和蓝色的热带鱼，在海中遨游的海龟，尽情嬉戏的海豚……

“关掉。”瑞树回过头，对光一说。

“为什么？”光一一脸诧异地问。

瑞树不知道怎么解释，于是低声嘟囔说：“现在没那个心情。”

光一挥挥手，关掉影像，用温柔的语气说：“瑞树，你太累了。稍微休息一下，放松放松吧！”

“现在正是关键时刻，再加把劲就能找到突破口了。”

光一从床上爬起来，来到瑞树背后，抱住她的肩膀。

“路还很长，别太着急了。”

光一赤身裸体。在穹顶中出生长大的特权阶级，从一开始就没有所谓的羞耻心。

“为什么你会觉得路还很长？”瑞树有点反感。

“我不认为 RAIN 的治疗方法那么容易找到。”光一冷静地说，“至今为止的研究，已经得出了某种程度的结论：恐怕只有在某个年龄之前‘漂白’，才能获救。”

“就像我一样。”

瑞树的讽刺没有效果。

“嗯。当然啦，想拯救患者，是非常崇高的使命感。不过，与其埋头寻找治疗晚期疾病的方法，不如把更多的资源投入其他方面，不是更有成效吗？”

光一说得也许没错。但是，瑞树还是无法理解他为什么能够如此冷漠地做出选择。

“你知道现在有多少濒临死亡的患者吗？身为医生，我不能抛弃他们。”瑞树转身面对光一，“当然，要想一劳永逸地解决问题，还要靠你们的研究。”

本以为光一会开始滔滔不绝地谈论项目的进展情况，结果他的反应出乎意料。光一愧疚地转过头。也许在他的一生中，从未遇到过需要隐藏自己感情的状况吧！

“怎么了？又有什么问题了吗？触礁了？”瑞树有种不祥的

预感。

“……更准确地说，是暂时搁置了。”光一不敢看瑞树的眼睛。

“搁置？”瑞树目瞪口呆，“什么意思？那不是最优先的项目吗……怎么可能搁置？”

光一所参与的计划，集结了全世界最优秀的大脑，投入了天文数字般的预算。“增益蓝色地球”——这是人类史上最大的项目，目的是要将血泥藻从地球环境中清除掉。

“但前提是要有可能实现。然而目前基本得出了结论……只是怕影响太大，还没正式公开。”

瑞树很想捂住耳朵：“难道没办法了？”

光一点点头。

“这……怎么可能？放弃的话，一切都完了呀！”

“所以不是放弃，是暂时搁置。如果有一天诞生了划时代的新技术，还会再次挑战的。”

“说什么蠢话！”瑞树怒气冲冲地叫了起来，“你知道有多少人把你们的研究当成唯一的希望？受到穹顶保护的人还能过得不错，可是淋着红雨的人怎么办？”

第七自治居住区的景象浮现在她的脑海里。密密麻麻的铁锈色铁皮屋顶。皮肤染成红色的居民。他们的绝望，他们的希望……当瑞树在学历测试中被选中的时候，父亲母亲、兄弟姐妹、远亲近邻，全都送上祝福，把她送了出来。贫民窟里的孩子，从地狱深处爬上一条蛛丝，爬进炫目的天堂。

光一放开瑞树，背转身去。

“我明白你的心情，但我无能为力。”

“就算不能马上取得战果，也要战斗下去。”

光一沉默了片刻。

“好吧，我给你看个东西。”

“什么东西？”

“项目的最终结论。”

光一在裸露的肌肤外面穿上智能西装，瑞树也脱下睡袍，换上白衣——那和从前的白大褂完全不同，有点像宇航服。

从分配给光一的豪华居住单元出来，两个人乘上驶往中心部的双人用自动小车。光一吩咐道：“麻生光一，工作区。”小车便在跑道上水平行驶起来。进入竖井后，又像电梯一样上升。

到了光一的工作区，小车的门自动滑开。

“请进。你是第一次进这个房间吧？”

瑞树环视这个三十平方米左右的房间，除了吧台和休息用的沙发，房间里空荡荡的，毫无装饰。

光一唤出天花板上的屏幕。

“首先，让我们了解一下血泥藻。”

“略过吧，我很了解，了解得都烦了。”瑞树下意识地抚摸手腕上的皮肤。

“但你真的了解它吗？它是从哪里来的？”光一努力吸引瑞树的兴趣。

“你知道？”

“嗯，差不多可以确定了。”

屏幕上显示出DNA的图像。

“我们分析了血泥藻的DNA，发现了人工编辑的痕迹。有证据表明，它是基因工程产物。原始基因序列来自紫球藻之类的红藻、水绵之类的绿藻，还有几种涡鞭毛藻。另外，为了制造芽孢，还加入了枯草杆菌的DNA。”

“可是，就这些？”

瑞树挑起眉毛。血泥藻能够利用一切波长的光，具有独一无二的光合效率，这可以用移植了红藻和绿藻两者的叶绿体来解释。而能以鞭毛灵活游动捕食鱼类的能力，也可以归因于涡鞭毛藻。不过，仅仅这些，就能创造出具有如此破坏力的生物吗？

“除此之外，我们还发现了未知的基因序列，目前已经确认它来源于喀拉拉红雨中含有的孢子。”光一的声音中并没有表现出对这一发现的兴奋。

2001年，印度喀拉拉邦下了长达两个月的红雨，那是藻类的孢子导致的现象。然而红雨中的藻类不同于任何已知的物种，因此有人认为它们来自宇宙。

“……所以呢？那到底是谁创造了血泥藻？”

瑞树感到一股无法抑制的愤怒。即使创造出致死率100%的病毒散播到全世界，恐怕也不会导致如此严重的事态。对地球而言，人类数量的锐减也许还是福音。

“从动机和能力两方面考虑，很容易确定元凶——只可能是彼得罗柯普。”

光一的声音总是温和平静，但此刻却像是给被告定罪的检察官一样严厉。

“很久以前人们就说石油会枯竭，虽然一直没有枯竭，但终究还是会有极限。彼得罗柯普试图通过基因工程，创造出能把光合作用效率提升到极限的藻类，以此解决能源问题—— 不过他们的真正想法只是要垄断全球能源。”

彼得罗柯普由当年几家大产油国的石油公司合并而成，又吞并了号称七姊妹的巨型石油资本，是人类史上规模最大的企业体。

“就算这样，我也不能理解，他们为什么把那么危险的藻类释放到自然环境里？难道没有预料到最坏的情况？”

“这就是答案。”

屏幕上出现一张照片，像是巨型养鱼场。

“这是什么？”

“位于阿拉斯加的彼得罗柯普实验工厂。他们用基因工程创造出几百种藻类，进行光合作用，验证它们能不能作为能量源。从照片上看好像很开放，但整个实验场地覆盖了三层强韧的穹顶，所以他们以为不可能泄漏到自然环境中……直到有一天，发生了这种事。”

影像中出现的爆炸，让远比热海穹顶更为巨大的建筑刹那间被炸飞出去。冲击波之后是滚滚浓烟。

“恐怖袭击？”

“对。据说是臭名昭著的极端环境团体绿木组织干的。从这个爆炸规模看，估计用了小型核弹。”

画面上显示出地球的模式图。

“据估算，这场恐怖袭击可能释放了 170 万吨孢子。它们乘上偏西风，11 天内向东绕了地球一圈，又被季风送到了低纬度地区，然后换乘贸易风，向西环绕地球。”光一的声音很低沉。

“我们不知道释放出的孢子中血泥藻占了多大的比例，但最后活下来的都是血泥藻。落入大海的血泥藻孢子开始发芽，然后爆发性繁殖，变成巨大的褐色海藻，占据海面，遮挡阳光，导致大部分海藻和浮游生物死亡，然后又在海面上释放出大量孢子，这些孢子经过数月到两年时间，变成红云悬浮在大气里，给世界各地带去红雨。结果，江河湖泊、冰河冰川，全都染成了红色。在陆地上，皮肤较薄的两栖类率先灭绝。爬行动物里，除了生活在地下的蛇、蜥之类，其他物种也迅速消失。哺乳动物中除了极少一部分和血泥藻构成共生关系的物种，99% 都灭绝了。就这样，短短几年时间，整个地球就变成了血泥藻的天下。”

“够了。”瑞树的目光从屏幕上移开，“巨型能源企业创造了恶魔，极端分子的恐怖袭击释放了它……可是，事到如今再去寻找元凶，也没什么意义了吧？问题在于接下来怎么办。”

光一默默点点头。

“血泥藻可能真是怪物，但与此同时，它也只是活生生的生物而已，不可能无法消灭。虽然血泥藻在短时间内就灭绝了差不多所有物种，但人类灭绝的物种数量也不比它少吧？采采蝇、蜱虫都能消灭，为什么血泥藻就不行了？”

光一无力地摇摇头。

“过去成功消灭的生物，基本上是寄生生物或者捕食者。反过来说，正因为它们要依存于某些东西，才能找到它们的弱点。至于那些有性生殖的生物，还有更大的弱点。”光一停了片刻，像是有些难以呼吸，“但是，血泥藻的情况不一样。最麻烦的在于它是初级生产者。只要有阳光、二氧化碳和水，它就能进行光合作用并且繁殖。血泥藻的生存和繁殖，根本不需要依附其他生物。”

瑞树想捂住耳朵。

“现在已经无从了解彼得罗柯普的真实意图了。不过，血泥藻的开发，可能也是为了火星的地球化。”

光一的半边脸扭曲着，像是在笑一样。

“血泥藻是一种完备的生物，单靠自己就能活下去，而且它还具有反抗其他物种捕食和寄生的特性，甚至还像涡鞭毛藻那样，有着反过来捕食鱼类的凶性——鱼类本来是更高级的捕食者。”

而且，对于两栖动物、爬行动物、哺乳动物，它也表现出寄生者的狡猾。瑞树很失落。

“总而言之，从初级生产者到最终捕食者，它以一己之力霸占了差不多所有的生态位。这样的生物，你说怎么消灭？”

光一的表情和声音都只剩下绝望。

“这就是增益蓝色地球研究小组的结论。如果有一种可能性，能把血泥藻从地球上一扫而空，那只有小行星或者别的什么撞击地球，毁掉一切生命。”

. 2 .

红雨终于停了。

最好趁着现在出去。虽然穿了防护服，但要尽量避免淋雨。

瑞树带上必要的器材，坐上四轮摩托，报出目的地：“关东第九自治居住区”。

雨后的大地像是洒过鲜血一样。四轮摩托的引擎发出轻快的声音，轮胎没有粘上褐色的泥。虽然也能用安静的电力汽车，但瑞树大多数时候还是会选择汽油发动机。被血泥藻统治的星球也不是没有好处。江河湖泊都溢满了无尽的燃料，即使被困在没有水的地方，只要等待，燃料就会从天而降。四轮摩托上安装的斯特林发动机，与以往的汽油发动机相比具有决定性的差异。紧急情况下，只要向油箱里倒入含有充分血泥藻的水，尽管呻吟不断，但也能勉强工作。

行驶了一会儿，瑞树回头去看热海穹顶。

覆盖整个旧热海城区的巨大建筑是三重网格穹顶，只有最外层不是三角形，而是由六边形面板组合而成的。面板可以通过电压自由改变透明度，从仿佛空无一物到完全漆黑，也能随意调节亮度。下雨天，网格中喷出的气流和正电荷能防止血泥藻孢子附着，不过可能是担心这些措施还不够，所以又在穹顶周围修建了若干形如墓碑的集尘塔。它们是巨大的空气净化器，吸入穹顶周围的空气，用滤网过滤孢子，通过高压放电吸收。这会消耗巨大的电力，不过能量本来也很充足，不必为了省电而关闭它。

四轮摩托在崎岖的斜坡上行驶。沿着海岸的道路更容易走，但有可能粘上含有游走子的飞沫——那是远比浮游孢子更加危险的游荡孢子，她实在不想从那边走。

自从血泥藻掌控世界以来，不仅动物相发生巨变，植物相也出现了巨大的变化。大地上长满了顽强抵抗的灌木，还有与血泥藻共生的地衣。褐色中夹杂着绿斑白斑的模样，成为原野的标准色彩。杂草也在血泥藻孢子反复的附着中窒息而死，只有抢在此前飞速成长、制造种子并且飞散出去的种类，才能生存下来。在它们中间游荡的是吃血泥藻尸骸的鲜红马陆和血豆般颜色的潮虫。

瑞树跑了两个多小时，终于看到了关东第九自治居住区的入口。

栅栏的横梁很像是附着了血泥藻孢子的锈铁架，事实上，它原本是遍身木眼的木材。瑞树放慢车速，穿过大门。听到发动机的声音，居民们纷纷钻进铁皮屋顶的小屋。偶尔看到一两个孩子，头发都泛着褐色，脸颊也微微泛红，唯有双眼闪闪发亮。但很快就会有父母从阴影里伸出手，将他们拉进小屋。

铁锈色的房顶在狭窄的道路两侧蜿蜒。这场景和瑞树出生的贫民窟一模一样。她禁不住陷入感伤，但同时也提醒自己，现在的自己，在这里是一个异物。经过“漂白”的人，皮肤比白人更白。在这里的居民眼中，这比出生在穹顶的人还要怪异。

她在要去的小屋前停下摩托。藤林走了出来。他是第九自治居住区里仅有的几个具有医师资格的人之一，是瑞树在研究RAIN治疗方法上的合作者。

“橘小姐，好久不见。”

藤林嘶声说。他的皮肤被染成红铜色，太阳穴和眼睛都深深凹陷下去，还有一张骡马般的长脸，乍一看令人恐惧，而且闪亮的眼睛里确实也有着对统治阶级的怀疑和愤怒。但藤林是一个富有同情心且温柔的人。发现这一点以后，瑞树自然也对他敞开了心扉。

“真的好久不见了。我有点事要和你商量。”瑞树脱下头盔，向藤林打招呼。

“不用脱，没关系的。很快又要下雨了。”

藤林看看天。他的一只眼睛已经蒙上了白翳，如果按照穹顶的标准，这已经是相当衰老的相貌了，但他实际上只有四十多岁。不过，贫民窟居民的平均寿命不到四十岁，从这个意义上说，他确实已经步入晚年了。

“进来吧。”

藤林伸出因血泥藻寄生导致僵硬结节的手，把瑞树请进了小屋。

“要坐吗？哦对了，你们喜欢站着。”

“嗯，抱歉。”

瑞树站着说。在穹顶中，很多时候都是站着工作的。不过在这里，站着的意思更多是为了防止血泥藻感染。

“那……今天有什么事？”藤林温和地问。

“我想找你帮忙。”瑞树郑重地说。

“求我帮忙？我有什么能帮你的吗？嗯，不管什么事，你说吧！”

“你能给我一具刚刚死亡的遗体吗？”

藤林的眼睛眯了起来。看起来像是在生气，但瑞树并不知道他的真实想法。

“遗体？你是说真的？”

“对。要找到 RAIN 的治疗方法，一定要有遗体。”

藤林望向门口，沉默了半晌。瑞树也沉默着等待回答。

“我不认为这是个好主意。”过了一会儿，藤林回答说。

“为什么？”

“这里的人肯定不愿意把遗体交给你。就算为了在 RAIN 里活下去。”

“他们不相信我？”

“因为上面把我们当成家畜，当成实验动物，只有死才能获得自由，摆脱这个荒谬的世界，也摆脱穹顶里的人。大家都是这么想的。”

“这种想法我很明白。我也是自治居住区出来的。”瑞树小心翼翼地说，“但是，如果捐献遗体供我们研究，那么儿子辈、孙子辈，可能就会有摆脱 RAIN 的那一天。当然，想找到治疗方法肯定不容易，但是别无选择。”

藤林用僵硬的手指挠了挠头。

“假如有某人的遗属接受了你的请求，肯定也会有人来找麻烦。对穹顶充满恶意的人，还有趁火打劫的人。你会惹上麻烦的。”

瑞树想了想，“有什么办法私下悄悄做吗？”

藤林转向瑞树。一只眼睛蒙着白翳，但是另一只眼睛闪耀着智慧的光芒。

“也不是没有办法。”

听到这句话，瑞树真想扑过去抱住他。

“要怎么做？”

“这边的问题，总有办法……不过，那边的问题，你打算怎么办？”

“我这边的问题吗？”瑞树不明白藤林想说什么。

“你要把 RAIN 死亡的遗体运进穹顶？我不相信那边的人会发放许可。”

瑞树对藤林的洞察力十分钦佩。他猜得很准。

“那个……唔，总会有办法的。”

藤林一脸愕然，然后忍不住笑了起来。

“是吗，总有办法啊？”

“是的。”

断断续续敲打铁皮屋顶的声音响起。

雨声越来越强，连成一气。

瑞树压抑着自己的恐惧，努力不表现出来。

敲击头盔的水声，和雨水很像。浇在头上的蓝色药液，在银色的防护服上溅起无数飞沫。瑞树张开双臂，让药液浇满全身。

去过穹顶外面的人，回来的时候必须执行严格的步骤。首先要进除风室。不过这里的实际过程和名字相反，是用足以媲美台风的强风，吹散血泥藻的孢子。接下来在集尘室，通过电晕放电产生负离子，与孢子结合，吸附到正电极上。最后是在洗涤室淋浴药液，这才完成消毒过程。

但还是不能掉以轻心，所以在长长的走廊里，还有识别能力相当于人类视锥体千倍以上的色觉传感器，以老鹰般的视觉检查防护服的颜色，还有与猪差不多灵敏度的嗅觉传感器检查气味，防止污染穹顶内部。

瑞树在洗衣室脱下银色的防护服，塞进洗衣机。消毒用药液的温度超过 60 摄氏度，身上已经都是汗了。为了防止意外情况而在皮肤上涂的孢子防护霜也融掉了，黏糊糊的，很是难受。

啊，终于能洗个真正的淋浴了。

瑞树倒了足量的洗发水清洗头发，然后又清洗全身。

在藤林医生家里，瑞树无视规则脱下了头盔。对于这一行为，她并不后悔。虽然有着拯救人类摆脱 RAIN 的正义立场，但要请他帮自己解决搞遗体的麻烦事，不能自己一个人躲在防护服后面。

不过，直到告辞的时候，瑞树都被皮肤上的抽搐感弄得心神不宁。在贫民窟出生、在贫民窟长大的自己，有什么害怕的？然而不管怎么告诉自己，直到现在，直到自己亲手洗干净自己的身体为止，鸡皮疙瘩还是消不掉。

淋浴房里安装了电子镜，不会蒙上水汽，也不会左右翻转。瑞树按照以往的习惯，仔细检查自己身体的每个部位。

亚洲人特有的细腻肌肤，以及纯白无瑕的肤色。这是贫民窟的居民带着羡慕和嫉妒所说的“漂白”皮肤。这是当年的自己憧憬的大理石般完美的白皙，但到今天还是觉得那不像是自己真正的身体，说起来也颇为讽刺。那不仅是清除了部分侵入肌肉层的血泥藻色素，而更像是蒙了一层薄皮。仿佛是为了获得在穹顶内生活的资格，所以裹了一层洁净的塑料膜。

虽然瑞树自己没有感觉，不过这具躯体一定很有魅力吧？自从来到穹顶，许多男女都邀请自己做性伴侣。在年长的男性中，也有人把瑞树称为“天使”而跪拜的。内分泌学的主任教授是一位优雅的女性，但唯有和瑞树单独在一起的时候，会像青春期的少年一样，展现出自己的欲望，看她那副狼狈的模样也令人愉快。

瑞树捧起自己尤为受到偏爱的雕像般坚挺的乳房，在镜子前面摆出各种姿势。由于“漂白”的副作用，她的阴毛像少女一样稀薄，看上去更像人偶。

瑞树向前伸出左臂，手掌扭转向上。在上臂的最内侧，靠近肋骨的地方，还残留着那个颜色。

直径约 2 厘米的圆形图案。红色的，和以前的皮肤颜色很像。

瑞树轻轻摸了摸它。线条原本就不甚清晰，经年累月的变化之下，已经很淡也很模糊了。就算一般人看到，也不知道那意味着什么吧。

那是大人的手包握着孩童小手的图案。

“未来……”那是瑞树出生的第七自治区环境恢复运动的标志。绝对不能让人看见。光一也不行。平时瑞树都把人工皮肤贴在上面遮挡。

当然，这个印记没有任何邪恶的含义。它仅仅表示，对于继承了这个地球、继承了巨大负资产的下个世代，要竭尽全力去赎罪的意思。

但是，也因为图案已经很不清晰，万一被人看见，有可能被误认为是贫民窟的秘密社团“红色愤怒”的印记。一旦被怀疑是现存最极端的恐怖团体成员，那么遭到永久驱逐还算是运气好，不好的话会被处以极刑。

瑞树想起自己在手臂上刺下这个文身的那一天。

那天也在下红雨。

她甚至想不起来那是梅雨还是连绵秋雨，总之天空就像有道深深的伤口在流血一样，雨水下个不停。

瑞树打着伞，走在小巷里，两边都是铁锈色的铁皮屋顶。

以前她从来不怕被雨淋到。雨伞是用油纸蒙在弯曲的树枝上做成的，上面有好几个破洞。雨滴落在雨伞和手臂上，溅起血烟般的雾，每次呼吸都会吸进肺里。

但是，这一天不一样。

瑞树有意识地减慢呼吸，极力避免把血泥藻的孢子吸进身体。握伞柄的手上溅到红色水滴，也会神经质地用手帕擦掉。

原本已经接受了感染 RAIN 的早死命运，但现在忽然有了摆脱的机会。一想到这个，就会感到原本已经司空见惯的景色变得令人憎恶。

迷宫般的小巷，瑞树几乎是屏住呼吸跑过去的。

橘家位于小巷的尽头。

那简直不是个家，而只是用废弃材料搭起来的小房子。

瑞树把搭在门口的门（在旧木头做的门框上钉铁皮做成的简陋东西，很难推拉，所以后来只能搭在门上了）挪开，为此不得不放下手里的伞，头发衣服都被雨水打湿了。

“你回来了。”

在背后给她打伞的是父亲正树。

“嗯，我回来了。”

瑞树眯起眼睛看父亲，避免额头上淌下来的水流进眼睛里。

“快进去吧！”

说着话，父亲跟在瑞树后面进了家门，从里面灵巧地把铁皮门竖在门口。

“站着别动。”

父亲打开土间的瓮盖，用杓子舀起蒸馏过的水，给瑞树的头上浇了好几杓。土间是倾斜的，水很快流进排水沟。不管怎么努力，想要不把孢子带进家里是不可能的，但努力排除血泥藻的家，家人的平均寿命相对会长一些。

“怎么样？”

瑞树用干布擦头的时候，坐在门厅边框上的父亲，仿佛随口问了一句。在回答前，瑞树深深吸了一口气。

“嗯，合格了。”

“是吗？恭喜了。”父亲高兴地点点头，“第几名？”

瑞树转向父亲。能够给出下面的回答，她自己都很骄傲。

“第一名。第七自治居住区里，我是最高分，而且和第二名的差距很大。”

“太好了！太好了！不愧是我的女儿！我太高兴了！”

父亲站起来，用力鼓掌。他的手掌无法摊平，只能发出呼呼的声音，但他还是拍个不停。

“第一名那就没问题了！而且这么出色！穹顶肯定会来接你。啊，居然会有这样的一天……真像做梦一样。”

父亲的脸就像灭绝的日本猕猴一样红。他平时喜怒不形于色，但这一天却罕有地手舞足蹈起来。

虽然不想对父亲难得的欣喜泼冷水，瑞树还是下决心开口说：“爸爸，有件事想问你。”

父亲像是从瑞树的语气中察觉到什么，刹那间恢复了严肃的表情。“什么事？”

“我……想出让名额。”

父亲的身子僵住了。昏暗的土间里，唯有双眼发亮。

“百合的父亲和我提了个很好的建议……很好很好。只要我同意和百合交换成绩，他什么都可以给我。”

“你在说什么？”父亲用平淡的声音问。

“那不是很好吗？首先可以换到百合的家，你知道的吧？百合的家很大，房顶也很结实，不会漏雨。”

父亲默默摇摇头。

“而且百合父亲收集的东西也全都给我。铁板、木头、塑料什么的，还有整套的工具。”

“……别蠢了。”父亲的喉咙深处发出咳痰般的声音。

“不光这些呢！还有用物物交换在穹顶换来的药！爸爸的病肯定也能治好的。”

父亲转过身，背对瑞树，盯着门口。敲打房顶的雨水声，从淅淅沥沥的雨滴声，变成哗哗的大雨声。

父亲在犹豫？瑞树想。

统一学历考试实施过程的实际管理，委托给各个自治居住区负责。打分由穹顶借出的机器进行，没有作弊的机会，而且如果随便修改分数上报，一旦被人举报，责任人就会受处罚，轻则永久放逐，重则极刑。不过，只要参加考试的考生之间达成一致，买卖成绩的行为也司空见惯。

其实这是一种选择。是全家只有一个人获得通往乐园的门票，还是把票卖了，获得财产让一家人在地狱里生活得稍微舒适一些。

“瑞树，你是个很体贴家人的好孩子……不过，”父亲转回身，即使逆光，双眼也熠熠发光，“你也是个无可救药的笨蛋。以后不要再说这种话。”

这一刹那，瑞树明白了充塞在自己心中的感情是什么。但是，瑞树随即又感到自己必须隐瞒那种感情，反驳父亲。

“为什么？这不是很好吗？我觉得很好啊！”

“哪里好了？你完全不明白东西的价值。你靠实力获得的成绩，那比所有东西都要珍贵。山崎家的房子也好，捡来的各种垃圾也好，根本不配拿来交易！”父亲的语气充满了从未有过的激动。

“……可是，”瑞树还是很想问一个问题，“爸爸，你以前不是这么干过吗？我听说，你拿过第七自治居住区成立以来的最高分。”

父亲背过脸。

“你比他们都聪明，头脑比他们都好！本来你能去穹顶的……后来没去穹顶，是为了爷爷奶奶吧？”

父亲深深叹了一口气：“这件事情，你爷爷奶奶怎么说的，你也知道吧？”

当然。爷爷奶奶活着的时候，听得耳朵都要生老茧了：正树是个蠢货。到底为什么干出那种蠢事？儿子牺牲自己换来的拯救，父母怎么会开心？

瑞树曾经想宽慰爷爷奶奶。她说：“可是，如果爸爸去了穹顶，我就不会出生了呀！”

爷爷奶奶一向都恨不得把自己捧在手心里，所以她觉得自己这么一说，他们也会改变想法。

然而，出乎瑞树意料的是，爷爷奶奶没有说话。

明白过来的瑞树，感到非常受伤。爷爷奶奶认为，即使自己不会出生，父亲也应该去穹顶。

“瑞树，你听好了。”

父亲把手搭在瑞树肩头，让她坐到门厅边上。

“爸爸和你说过各种生物的故事，你记得吧？你想听的，我知道的，应该全都说给你了。”

“嗯……不过——”

父亲说的自然科学，从来都很有趣，这也是瑞树考试拿到最高分的原因之一。但是现在，她实在不想听什么已经灭绝的生物故事。

“你先耐心听我说，”父亲似乎知道瑞树在想什么，“雌雄企鹅会交替孵蛋。一个下海捕鱼的时候，另一个就不吃不喝地孵蛋。为了孩子，父母什么辛苦都能承受。”

在白色的冰山漂浮在蓝色大海上的时代，存在过那种可爱的鸟类。

然而漂浮着桃色冰山的血海上，没有红企鹅。

“还有海龟的故事。雄性会用生命保护自己的卵……不，还有更合适的，你记得幼体生殖吧？”

瑞树露出苦脸：“那个恶心的故事吗？我不是很想听……”

“确实有点恶心。从人类的感受上说，有种生理性的反感。

但是，那里面也包含着值得学习的真理，我觉得。”

父亲又开始介绍幼体生殖。瘿蝇是寄生性的蝇，在缺少食物的时候，蛆会正常羽化，变成蝇，向更好的环境转移。但是，食物丰富的时候，为了加速世代交替和繁殖，它会出现非常诡异的行为。蛆在羽化前，体内的卵就会孵化，在内部把母体的蛆的身体吃光长大。而这样的蛆，等待它的命运也是被自己的孩子活生生吃掉。

“对生物来说，留下子孙后代是最重要的课题。所以，父母为了孩子牺牲，是理所当然的……但是，除了人类，没有任何生物的孩子会为了父母牺牲。那绝不是善良。那是错误的。”

瑞树低下头，她明白父亲想说什么。

“所以不要再说什么出让成绩的话了，太蠢了。别那么做。对我来说，只要你去了穹顶，那就是最好的报偿。我的人生可以说死而无憾了……求你了，别浪费我唯一的救赎机会，知道吗？”

那时候，自己心里其实暗暗期待着父亲那么说。

瑞树站在淋浴头下面，一动不动。

父亲为了自己的父母，放弃了来穹顶的机会，所以瑞树觉得自己不能兴高采烈地接受这个机会，唯有期待父亲来说服自己。

正因为如此，在听到考试结果的一刹那，她才会突然间无比害怕红雨。原本知道自己的命运就是死于RAIN，自然也就放弃了。但如果能去穹顶，情况就不一样了。她想尽可能保护自己不被血泥藻的孢子污染，通过“漂白”洗净一切罪孽和污垢，展开全新的人生。

她冷酷地抛弃了父亲，为了自己一个人的幸福。

瑞树意识到自己在流泪。

这是什么眼泪？世界上最关心自己的父亲，明知道他会死于RAIN，结果还是彻底抛弃了他，然而现在又沉浸在感伤里？

埋头研究RAIN的真正原因，不也是为了从自己的罪恶意识中解脱出来吗？

瑞树深深叹了一口气。

自己大约只是一个彻头彻尾的利己主义者、伪善者吧！

但是，就算原动力是扭曲的自恋，只要能找到RAIN的治疗方法……从获救的人看来，拯救自己的就算不是圣人而是懦夫，也不会在意吧？

必须找到方法，不管面临什么阻碍。

·3·

葬礼在细雨绵绵的原野上举行。

以抱膝姿势装在日式棺椁里的遗体，几乎没有头发，脖子以上都覆盖着红色的鳞片，其他地方的皮肤——比如手臂等处，全都红肿糜烂。虽然年纪只有三十多岁，看起来却像是百岁的老人。

这是典型的死于 RAIN 的遗体。

瑞树难以抑制自己的兴奋。调查症状发展到这一程度的病理组织，将很可能在解开 RAIN 的机制方面取得很大进展。

充当僧侣的居民走上前来，用低沉嘶哑的声音开始诵经。围着棺椁的三十几个人都垂首聆听。

在贫民窟，通常会把遗体放在原野或沙漠里进行雨葬。据说只要暴露在红雨下，血泥藻很快就会分解遗体，成为新生命的摇篮。

把破坏地球环境、折磨人类的血泥藻视为神圣之物，这不是今天才开始的。不管如何邪恶，只要拥有无法抵抗的力量，人类就会习惯于崇拜它。

诵经结束后，死者的朋友接替僧侣走上前来。

死去的是朝日町的町长，名叫水上丰。第九自治居住区也属于朝日町。

“水上町长是一位富有人格魅力的领袖。我从没有见过这么善良的人。只要看到有人处在困境中，他就绝不会袖手旁观。而且他还在雨中奔走，拯救了无数人，自己却一无所得。”

虽然语气僵硬，但话语中满是真诚，可以想象他受到许多人的爱戴。

瑞树看看手表。可以的话，她很想在遗体淋雨之前回收，运进穹顶。按藤林的说法，贫民窟的葬礼很简单，不会花费多少时间，但这一次死者的遗泽却成了她的绊脚石，想说上几句话的人络绎不绝，看来暂时还结束不了。

如果时间太长，瑞树自己也会受到影响。因为不能穿着防护服出席葬礼，所以她戴了一顶完全防水的宽檐帽，还搭载了防止血泥藻孢子附着的离子发生器，但终究不如头盔的效果。如果雨势更激烈，也可能暴露在血泥藻的孢子中。

不过对于参加葬礼的其他人来说，一直淋着红雨，也可能提早自己的葬礼。所以他们把没有盖棺的棺椁放在原野中央，开始准备回家。

"橘小姐，再等一会儿搬运。"藤林来到瑞树身边，小声说，"参加葬礼的人，回去的路上也会不断回头看，表示惜别。要等大家全都远到看不见的时候才行。我也会搭把手。"

"谢谢。"

瑞树道了谢。为了不让离去的人怀疑，她决定去树下躲雨。

血泥藻与作为造物主的人类之间，有着奇妙的共生关系。

血泥藻既是初级生产者，合适的时候也会成为寄生者。它能附着在人的皮肤上生活。不过，通常情况下，它并不会深入体内，吞噬人体组织，反而会在一定期间内起到皮肤常驻菌的效果，清除外部的感染和寄生。在贫民窟那样极度不卫生的环境下，传染病之所以没有蔓延开来，可以说多亏了血泥藻。

但是，也有相当多的人，无法适应与血泥藻共生，其中大部分都会由于剧烈的过敏反应而死亡。现在存活在贫民窟里的人，都是不会对血泥藻过敏的体质。

换句话说，血泥藻就像是在淘汰人类，改良家畜。

人类与血泥藻的共生关系会这样持续十年到几十年，但蜜月期却会突然结束。

血泥藻会没有任何征兆地撕下共生者的面具，开始侵蚀人类的肉体。这些人的体质本来就不会对血泥藻产生抗体，所以面对突然暴露疯狂本性的"室友"毫无抵抗能力。他们的全身组织都会被吞噬殆尽，眼睛也会变得血红，半天左右就会死亡。

起初，这种疾病被正式定名为剧症型红藻类感染症（Fulminant Red Algae Infection），但很快人们就开始用更富有象征意义的名字称呼它。

红藻类感染坏死症（Red Algae Infection Necrosis），简称 RAIN。

除了有穹顶保护的人，其他人基本上无法避免感染。血泥藻等同于决定人类寿命的上帝。

瑞树猛然抬起头。不知不觉间，她好像迷迷糊糊睡着了。

做了一个混沌的梦。关于家人的梦。无法形容的深邃悲伤填满了胸膛。

消息来得很突然。进入穹顶以后，为了赶上与贫民窟完全不在一个层次上的课程，瑞树拼尽了全力。所以虽然很牵挂留在贫民窟的家人，却怎么也说不出想去见见他们。除此之外，一想到要以完全“漂白”的形态，穿着防护服回家，她就无法迈出脚步。

消息来得太早，也来得太迟。

父亲在一个月前去世，葬礼也结束了。他听说瑞树正在为了升级考试苦苦挣扎，于是请求在考试结束后再告诉她。

后来她只回去过一次，但并没有打听父亲葬礼的情况。在贫民窟的时候，她也没有参加过葬礼。所以真正亲眼看见雨葬，今天还是第一次。

水上町长的葬礼终于结束了。周围空无一人。敞开的棺椁端坐在原野中央。

瑞树穿上防护服，戴好头盔，拿着尸袋从树下走出来。

她望向棺椁里面。红雨打湿的遗体，看起来像是刚刚惨遭杀害。

工作必须在没人看到的时候迅速完成。

瑞树双手合十，然后把手插进遗体的肋下，试图从棺椁里把它拉出来。通红糜烂的脸仿佛要触碰到头盔的挡风玻璃，她情不自禁地想要背过脸去，但又为此斥责自己。这是可敬的牺牲者遗体，必须满怀敬意地对待它。

就在这时，她感到背后有人，吓了一跳。

“要帮忙吗？”

是藤林的声音。瑞树舒了一口气。

“抱歉，拜托了。”

藤林来到瑞树对面，抬起遗体的双腿。这让瑞树得以顺利把遗体搬出来。他们将遗体放入尸袋，拉上气密拉链。

“接下来要怎么办？”

深陷的太阳穴和眼窝，一只眼睛白浊无神的红铜色脸庞，依然显得很可怕，但那嘶哑的声音里充满了对瑞树的关心。

“运进穹顶。处理 RAIN 的设备已经准备好了。”

“怎么运进去才是问题吧？以前也说过，上面绝对不可能批准。穹顶的漂……人，都有血泥藻恐惧症。”

藤林欲言又止，朝地上吐了一口红色的唾沫。

“嗯。所以会把尸体偷偷运进去。”

瑞树为了让藤林放心，露出一个微笑。

“我去开摩托，你在这儿等我一会儿？”

藤林默默点头。

摩托藏在 500 米开外的树林里。山毛榉树皮上长满了与血泥藻共生的地衣类红皮松萝，变得和原来的树完全不同。多亏了红皮松萝的伪装色，除非凑近了仔细观察，否则很难发现红色涂装的四轮摩托。

瑞树把摩托上披的红褐色兽毛般的丝绒取掉。就在这时，她看到小小的红色颗粒。有东西在动！她凑近了凝神细看，很快辨认出来——那是体长约一毫米的红色螨虫——红绒螨。

在血泥藻君临整个生态系后，曾经遍布地球所有地方的螨虫类便完全消失了。只有在贫民窟的肮脏床铺和被褥上，才零星生活着粉螨、尘螨，还有以它们为食的肉食螨。

红绒螨以花粉为食，但在如今的植物生态中，开花植物相当罕见。瑞树拿出摩托上的采集工具，用滴管式吸虫管吸了几百只红绒螨，收到生物样本用的塑料容器里，顺便也采了红皮松萝的样本，然后起动摩托，回到藤林等候的原野中央。

快要到的时候，瑞树有种不详的预感。除了藤林，她还看到三个人。他们好像在说什么。虽然没听到怒吼和大叫，但明显有种紧张的气氛。

几个人都看向她。两个男的，一个女的，全都是贫民窟居民特有的铁锈色皮肤，唯有眼睛闪闪发亮。

“别过来！转回去！快走！”

藤林大声叫喊。瑞树有点犹豫，但不能丢下尸体自己走。她开着摩托继续前进，在他们身边停下。三个人迅速围住了摩托。

“你是穹顶的人吧？”

一个男人的额头突出，上面竖着乱蓬蓬的头发。他翻着白眼瞪着瑞树问。

“……是又怎么样？”

话音未落，另外两个人伸出手，把瑞树从摩托里拽了出来。

“喂！你们别乱来！”

藤林赶过来想帮瑞树，被蓬发的男子挡住了。

“医生，你别动。我们有些事情，想问问这个从天上降临到下贱世界的大小姐。”

蓬发男子歪嘴一笑，露出覆盖着红褐色生物膜的一口烂牙。

“说吧，你来这儿干什么？”

“先说你叫什么名字。”

瑞树正要开口，女人嘶声怒吼起来。她细长的眼睛下面垂着大大的泪袋，红褐色的头发扎在脑后。手臂和手指都像树根一样满是疙瘩，不过瑞树推测她的真实年龄可能和自己差不多。

“橘瑞树。”

“橘子？穹顶里长大的公主，名字还真好听呢！”女人的笑声里混合喘息。

“我也是贫民窟出身……关东第七自治居住区的。”

瑞树说出这句话，女人的笑容立刻消失了。

“哎，状元啊！混成精英了是吧？”她伸出老太婆般的手，敲打头盔，“和人说话的时候把这破玩意拿掉！你嫌弃和我们这种脏兮兮的人呼吸同样的空气？”

瑞树脱下头盔。女人细长的眼睛更细了。

“呵！白得像个洋娃娃！真是漂亮！你要不要屈尊看看我们

的脸？很红吧？和你这种精英可不一样，我们这些血泥藻寄生腐烂的人，全都是这种颜色！”

女人还要嘲骂瑞树，蓬发男子推开了她。

“喂，回答刚才的问题。你到这儿来干什么？”

瑞树瞥了一眼地上的尸袋。蓬发男子捕捉到她的视线，拉开尸袋的拉链，瞪大了眼睛。

“这是水上町长吧？你要偷尸体？你到底想干什么？”

“……”

“盗墓吧？啊？会遭报应的！”

“不，我没这个打算。”

瑞树不知该怎么解释。

“没这个打算？你是说，我们的尸体，对你们来说，和动物的尸体没区别？”

“魔鬼！牲口！竟然敢侮辱水上町长！绝对不能放这个女人回去！”

女人唾沫横飞地叫喊。

“冷静点。不是你们想的那样。这事我清楚。”藤林代替瑞树回答说。

“哦？你知道什么？”蓬发男子怀疑地眯起眼睛。

“町长的遗体交给这个人。町长九泉之下大概也会高兴的。”

“你说什么？”

“蠢货！町长怎么可能高兴？脑子坏了吧？”蓬发男子和女人同时叫喊起来。

“她和我一样，都是医生。”

“医生？”

另一个男子——高个子，脸的上半部分和脖子都裹着脏兮兮的绷带——像是突然来了兴趣，开口问道。

“没错。她在找 RAIN 的治疗方法，所以需要死于 RAIN 的尸体。”

藤林一字一顿地说完，三个人陷入了暂时的沉默。

“撒谎！鬼才信你！”女人突然叫喊起来，“这种女人——我们都在地狱里面爬，她自己倒是收拾得漂漂亮亮，穿着漂漂亮亮的衣服，吃着好吃的东西，睡着干干净净的床！我们和她都是一样的人啊！连死了都要被她践踏尊严？！”

瑞树对于女人的强烈嫉妒有着痛切的感受。那并不符合逻辑。同样是女人，却有着天壤之别——不仅是境遇的差异，更是存在本身的绝望差距——对此生出近乎疯狂的愤怒。

不管自己说什么，她都不可能冷静。

“让这个女人知道厉害！别拿我们当傻子！就算死也要争一口气！认命吧！把她和町长一起雨葬了！”

女人拔出腰上的镰刀，朝瑞树逼过来。

瑞树吓得无法动弹。她的膝盖颤抖不已，腰部以下软绵绵的，几近站不住了。

自己真的要死了吗？死在这样的地方吗？

明明一直那么努力，结果什么都没做成，就这么死了。

旁边伸出一只手，按住了女人的镰刀。

“怎么了？”女人转过脸，带着一脸难以置信的表情低声问。

“别杀她。”绷带男低头看着女人，静静地说。

“为什么啊？她是我们的敌人啊！”

绷带男叹了一口气。

“她说不定能找到 RAIN 的治疗方法。”

“太蠢了吧？怎么可能那么容易找到？这个女人只是拿我们当小白鼠！”

“当然不会那么容易找到，我也觉得。但是，就算只有一点点可能性，也值得赌一把。”绷带男看看藤林，“医生，她发现治疗方法的可能性，不会是零吧？”

藤林用力点点头，“当然不会。不然我也不会把町长的遗体托付给她。”

“好。”绷带男拿起尸袋，轻轻放到四轮摩托的后座上，然后用熟练的动作绑好安全带。

“走吧。”他淡淡地对瑞树说。

“谢谢。”瑞树匆匆道谢，坐进驾驶位。

“混蛋！我反对！搞什么啊……这就像是送钱给小偷一样。町长太可怜了吧？”女人痛苦地大叫，“而且你反正也来不及了。就算找到了治疗方法，也救不了你！”

“关于这一点，大概和芙米你说的一样，”绷带男皱着眉说，“但我并不是为了救我自己才在她身上赌的。”

“那你赌的是什么？”

“我赌她能把血泥藻那东西清理干净。不要小看人类。”

绷带男轻轻笑了起来。蓬发男的表情很困惑，但并没有反对。

“混蛋……混蛋混蛋！这个混蛋婊子！”

名叫芙米的女人发疯般地叫喊，高举镰刀在头上挥舞。瑞树感到危险，急速发动摩托。在驶出去的时候，某个坚硬的东西撞到摩托的架子上，发出哐的一声。可能是那女人扔出了镰刀。

瑞树望向摩托的后视镜。

芙米双手撑在地上。

在她身后，藤林和两个男人一动不动地目送摩托远去。

·4·

要把包含某种生命的样本从外界带入穹顶，需要提交大量文件进行审批。特别是涉及血泥藻的情况尤为严格，即使是装在多重密封容器中的极微量样本，也不会被批准。这并不是因为穹顶的最高决策机构——运营委员会的盲目恐惧。

红绵藻——血泥藻的正式名字——是以紫球藻的四倍体为基础，加入了涡鞭毛藻类等各种基因创造出来的嵌合体怪物，在生命的不同阶段，呈现出完全不同的面貌，简直不像是同一种生物。在形成巨型海藻的时候，或者化作芽孢休眠的时候，危险性等同于零。另外，浮游孢子即使附着在皮肤上，有时也只会像凤仙花汁一样染红皮肤，不会出现任何别的症状。只要不发生过敏反应，便可以长期共生，但由于无法预测红绵藻什么时候会露出獠牙，引发 RAIN，所以只有生物安全级别 4 以上的实验室才能处理。更可怕的是，在海洋里飞速游动的游走子，哪怕只接触一个，也可能破坏皮肤，侵入体内。那种情况下没有任何对症治疗的方法，爆发性繁殖的红绵藻将会侵入全身细胞，感染者注定了会在 12 小时内死亡。要处理游走子，必须在生物安全等级 5 以上的实验室。在穹顶里，虽然也有能够处理的实验室——包括等级 4 的生物安全柜在内——但还没有实际在等级 5 上用过。

瑞树打算把水上町长的尸袋藏在大型货箱的底下，带进穹顶。虽然只是简单的双重箱底，不过本应该是铜墙铁壁的看门传感器根本没想到有人会故意把血泥藻带进穹顶，结果轻轻松松就带了进来。

瑞树洗过澡，把货箱装上运货小车，送往自己的实验室。这里的生物安全等级是 3，处理血泥藻是有危险的，不过瑞树加工过等级 2 的生物安全柜，将性能提高到接近等级 3 的水平，同时又在进行灭菌吸气处理，浮游孢子不可能泄漏出去，而且应该可以在无人知晓的情况下进行实验。

带着这样的想法，瑞树放松了警惕。她打开货箱，从双重底下面取出生物实验用的塑料容器时，突然间实验室的门铃响了起来，把她吓了一跳。

就在瑞树匆匆盖上货箱的同时，光一从自动门外走了进来。瑞树一边后怕，一边想到自己应该锁门才对。

“你回来了。”

光一打量着实验室说。这里本来就没有光一的工作室空间大，又塞满了实验器材，大概给他一种相当逼仄的印象。

“什么事？”

瑞树心里着急，生硬的口气不小心脱口而出。很少见她这种反应的光一，倒没显得不开心，只是露出一脸的诧异。

“我担心你。要不要去娱乐室休息一会儿？”

瑞树故意不去看还放在地上的货箱，想找个尽可能自然的借口拒绝。

“……休息一下也挺好，不过我刚做完田野调查回来，还有好多东西要整理。等空一点我打你电话。”

“有什么收获？”

瑞树暗自期望光一早点回去，但是他以为瑞树抛了个话题似的，顺着问了下去。

“唔……稍微有点吧！”如果一个具体的例子都举不出来，光一可能会觉得奇怪。瑞树把刚刚取出来的塑料容器拿给他看，“你猜这是什么？”

光一盯着容器看了半天。

“太厉害了……这不是螨虫吗？”

“我觉得是红绒螨，”瑞树尽力装出热切的语气说，以免让光一发现自己心不在焉，“血泥藻导致生物大量灭绝以后，动物相和植物相都变成了极其单调的世界……但是，好像还有能让生物幸存下来的生态位，是吧？是个重大的发现吧？”

瑞树想要迅速结束话题，但光一却比预想的更感兴趣。

“是啊……这些小家伙，好像是吃花粉的吧？现在几乎看不见花，那它们吃什么？”

“是啊，这是个谜。”

瑞树开始坐立不安了。

“我说，瑞树，”光一犹犹豫豫地说，“发现这个是你的功劳，不过能不能借我一下？”

“这个？你要干吗？”

瑞树不由自主地反问。其实她如果什么都不问，赶紧把螨虫递过去，光一就会离开这个房间了。

“我想研究一下这个东西的DNA，在大灭绝之前和之后发生了什么样的变化。说不准还可能对‘增益蓝色地球’项目产生影响。”

光一不是刚刚告诉自己项目搁置了吗？研究螨虫到底能改变什么？瑞树虽然心里这么想，不过并没有表现在脸上。

“知道了……好的呀。有什么发现，也和我说一声。”

“谢谢，我欠你一个人情。”

光一说完，小心翼翼地抱着塑料容器，正要走出房间，突然回过头，盯着瑞树。

“怎么了？”

“你什么时候拿到许可，把这个带进穹顶的？你不是刚刚回来吗？”

糟糕。自己偷偷把死于RAIN的遗体带进了穹顶，有这样的重大违规在先，对于螨虫的样本根本就没放在心上。

“抱歉，帮我瞒着运营委员会，行不行？我忘记申请许可了……”

“忘了……”光一哑然无语，不过还是露出了微笑，“好。那这就是还你一个人情了。”

“先说好，借螨虫的人情可大得多。”

光一离开后，瑞树又等了一会儿，确定他不会去而复返，这才锁上自动门，打开货箱。

她用吊车把尸袋挪到安全柜上，进行灭菌吸气，然后再穿上防护服，拉开气密拉链。

水上町长的遗体，和一开始看到的时候似乎没有变化。雨滴还没干，看上去宛如血汗。

瑞树打开传感器。

正要取出包埋设备制作组织标本的时候，警报忽然响了。

瑞树惊讶地望向监视器，然后惊呆了。

监视器上出现了生命体征。

水上町长还活着！

把病人放在安全柜上，良心会受到苛责，但也不可能把他挪到别的地方。因为不可能在瞒着旁人的情况下使用病房，而且无菌室的塑料窗帘对于 RAIN 没有任何防护作用。

瑞树能做的只有去医药品仓库，悄悄把她认为必需的药品和保护带拿过来。

水上町长依然像死了一样一动不动，但是生命体征还没有消失。虽然是重病状态，不过情况还算稳定。

用网状的保护带固定这样的患者，更加重了罪恶感。但是，万一水上町长从安全柜上滚落下来，整个实验室就会被血泥藻污染——这是无论如何必须要防止的。

瑞树想要拯救水上町长，但 RAIN 还没有有效的治疗方法。他的血压非常低，瑞树给他注射了升压剂，决定先观察情况。

话说回来，她做梦也没想到水上町长还活着。

在 RAIN 治疗方法的研究上，这可能是令人难以置信的幸运。

瑞树尽力让自己平静下来，分析现状。她本以为只要能获得遗体，研究就会取得飞跃性的进展，但在活的患者身上能发现的东西，远远超出遗体。

不过，即使是为了找到治疗方法，也不能把水上町长当成小白鼠。必须以人道的方式对待他，就像对待普通的患者一样。

瑞树进退两难。对于明知无法治疗的患者，该采用什么样的处理方式？即使单纯延续生命的行为毫无意义，也至少应当缓解患者的痛苦。但是，放在这个实验室里，怎么缓解痛苦？

不，这不是能不能做到的问题。必须做！瑞树暗下决心。

事到如今，不可能向穹顶的管理者通报事实。通报上去不会有任何益处——对任何人都没有益处。水上町长会马上被实施安乐死，遗体也会被运出穹顶，焚烧处理。自己也会被驱除出去。RAIN 的治疗方法研究将会搁浅，贫民窟的居民还将继续忍受红雨……

除了隐瞒，别无他法。现在需要确保这个实验室不被任何人看到。虽然只有光一会来这里，但如果按了门铃自己不让他进来，他肯定会觉得奇怪。他也不是能够和自己共享秘密的人。他不会打破穹顶的规则，估计会马上联系安保部。

瑞树正在想办法搪塞光一的时候，背后忽然传来了叹息般的声音。她吓得缩成一团，连头都不敢回了。

“这是哪儿？”

声音很微弱，但吐字很清晰。这扫去了瑞树心中的恐惧，她跑到安全柜旁边。

“水上先生，您感觉怎么样？”

那是一张血泥藻寄生导致红色糜烂的脸，但双眼里蕴藏着生命的光辉。由于皮肤的抽搐，嘴唇的动作受到限制，水上町长声音嘶哑，夹杂着呼噜噜的喘息。

“不是很好。头很痛，全身发热，像是在发烧。我，到底……这是哪里？”

“在穹顶里。我是这里的医生，橘瑞树。”

瑞树的回答让水上町长瞪大了眼睛。

“穹顶？我为什么在这儿？”

他想要动动身子，这才注意到保护带的存在。

“这是什么？为什么要捆住我？”

“非常抱歉，但不得不这么做，否则 RAIN 的感染会扩散。”

“RAIN？”水上町长茫然跟着念了一遍。

“水上先生，您不记得了？您的 RAIN 发作了。”

“我？真的？”

出现记忆障碍了？

“我记得自己参加了町议会，然后身体不舒服，提早离开了。后来稍微休息了一会儿，又回去工作……其他的什么都想不起来了。”

水上町长想转向瑞树的方向，但被保护带挡住了。

“这个……能拆掉吗？我可能确实是病了，但意识很清醒，不会乱动的。”

理性的、清醒的说话方式。正像葬礼中许多人说的那样，水上町长确实有着健全的人格。瑞树更加心痛。

“这个不能拆。有规定……对不起。”

“是吗？那就没办法了。嗯，我是 RAIN 发作了吗？”水上町长死心般地喃喃自语，随后像是想起了另一件事，“但是，罹患 RAIN 的人，为什么会在穹顶里？穹顶的人应该对血泥藻有一种近乎病态的畏惧，更不用说 RAIN 的患者，肯定要完全隔离的吧？”

“为了寻找 RAIN 的治疗方法。”

瑞树走近水上町长，盯着他的脸。眼神相对，她吃了一惊——有些地方让她想起自己的父亲。虽然不知道长相是不是相似，但声音中似乎具有共同点。低沉，略带尖锐却很清晰。

“……但是，上面的人批准了吗？”

水上町长静静地问。他的头脑很清楚。町长的常识和判断力都在。

这个人不会轻易受骗，瑞树决定坦白自己的想法。

“没有。这是我的个人行为。为了找到治疗方法，只能这样。”

“可是如果被人发现，你的处境也会很危险吧？”

水上町长露出担忧的神色。按照他现在面临的状况，本来顾不上担心别人。

“我知道有风险，但只能这么做，所以——”瑞树欲言又止，“也希望水上先生能帮我。说实话，我也很难开口，不过水上先生的病情……”

“我明白。”水上町长微微摇了摇头，“我已经没救了吧？我知道。迄今为止，还没有人能在得了 RAIN 之后活下来的。”

“我会尽力减轻您的痛苦……”

“不必了。现在我也很痛苦，但如果能够对探索这种疾病稍微有点作用，我会不遗余力地合作。”

水上町长的话让瑞树甚为感动。与自私的穹顶管理者相比，简直是天壤之别。

“但是，你也千万要小心，不要自己也感染了。现在你穿的防护服，绝对不要脱掉。”

“没关系的。我已经处理了血泥藻的孢子。”瑞树微微一笑。

“和孢子的风险完全不同。”

虽然看不出表情的变化，但水上町长的声音很严肃。

“与 RAIN 的患者接触过于密切，有可能受到直接感染。这一点你知道吧？”

瑞树怔住了。

“不，我第一次听说。是真的吗？”

“我不会拿这种事开玩笑。”水上町长咕噜噜地清着喉咙，挤出声音说，“在贫民窟，RAIN 的患者会被送到远离居住区的小房子里。那种小房子比收容罪犯的监狱还要结实，没有人会靠近。

他们就在那里面等死。”

“是因为有感染的风险？”

水上町长微微点了点头。

“以前曾经有人去小房子里照顾家人，结果染上了RAIN。通常情况下，那种年纪不会染病。唯一的解释只能是直接从患者身上传染的。”

“但那怎么可能？”

瑞树一脸茫然。没有人告诉过她这种事。

“和孢子完全不一样。在出现RAIN症状的患者体内，血泥藻非常活跃，简直像疯了一样。就像那个……躲在海边泡沫里的恶魔。”

瑞树吓了一跳。他是在说游走子？

“但是，葬礼的时候，大家好像都没怎么防护啊！”

“因为人只要一死，感染力就会消失，很诡异。它们好像知道宿主死了，再挣扎也没用了。”

太匪夷所思了。瑞树感到自己背上都是冷汗。

这个实验室的生物安全防护等级只有3。经过各种加工，才把安全性提升到接近等级4，但如果RAIN的存活患者体内存在着与血泥藻游走子相同的危险性，那需要的是等级5。能把水上町长放在这里吗？

“不过，你刚才说到葬礼？难怪了。大家都以为我死了是吧？所以你本来打算把尸体运进来？”

瑞树的沉默等同于肯定。

“……这就糟了。如果没有充分的准备，可能会引发大麻烦。如果连穹顶内部都开始蔓延RAIN，那就真的无可挽回了。橘小姐，是吧？你最好马上把我弄出穹顶。装到尸袋里也没关系。我能忍住，不会发出声音的。”

瑞树有一刻真的在想要不要这样做。但这样一来，所有一切都会变得毫无意义。自己到底为什么冒着这么大的风险把他运进来呢？

而且，要把水上町长运出穹顶，事实上等同于遗弃。就算没有治疗的方法，在穹顶里也有缓解病痛的手段。

“不用担心，请留在这里。”瑞树微笑着说，“这个实验室的空气不会泄漏到外面。所以只要足够小心，感染就不会扩大。”

“那就好。”水上町长说完，抬起的头落回安全柜上，深深叹了一口气，“发生了这么多事，我也有点累了，想睡一会儿。”

“好的，请好好休息。”

瑞树一直等到水上町长发出规律的呼吸声，才穿着防护服直接进入消毒用的隔间，用热药液喷淋自己的全身。

没事的，一定会顺利的。

她告诉自己。

现在是命运的分水岭。只要闯过这一关，一定能开辟全新的未来。

自己面前是一座古老的吊桥，只要鼓起勇气，就一定能走过去。

即使支撑吊桥的绳索被血泥藻的孢子染成铁锈般的红色，即使现在看起来显得摇摇欲坠。

“可以打扰一下吗？”

瑞树回过头，眼前浮现出光一身穿白衣的全息影像。他的表情前所未有的严肃。

“怎么了？”

“我想请你马上来我的实验室。有东西给你看。”

光一除了以前那个工作区，还有一个小实验室。瑞树离开房间，乘上单人小车，告诉驾驶系统：“麻生光一，实验室。”

小车打开门。光一朝她招手。

“这个你觉得怎么样？”

光一指向桌子上的一个小水槽。瑞树往里面一看，只见里面是她带回来的红绒螨。

“它们怎么了？”瑞树诧异地问。

“仔细看。这些小家伙的摄食行动。”

墙上的屏幕将水槽里的画面放大显示出来。

“咦？不会吧？”

“很惊人。”光一显得很兴奋，“这些小家伙吃的是血泥藻的孢子！”

“怎么可能？”

瑞树半信半疑，不过还是慢慢被光一的兴奋感染了。

“终于找到了……这种螨虫，是血泥藻的天敌。”

如果这是真的，情况可能会发生戏剧性的变化。

“但是，为什么呢？至今为止，还没有出现任何一种能捕食活血泥藻的生物。”

有几种动物能够清扫血泥藻的尸体，譬如潮虫、马陆之类，但不知为什么，没有哪一种生物能够捕食活的血泥藻。

人们提出了多种假说。比如，血泥藻令世界剧变，动物相变得极其贫弱，本来可以成为天敌的动物早早灭绝了；再比如，血泥藻具有强韧的细胞膜和神经毒素等防御能力，令动物难以捕食；此外，在游走子阶段还会反过来杀死鱼类等天敌的解释也很有说服力。

无论如何，现在，终于出现了例外。

小小的红色螨虫，本来只是安安静静地依靠吃花粉维持生命，对人类几乎没有任何害处，却因为长相恶心而受到驱逐。

“但是，光靠吃孢子，不可能消灭血泥藻。”瑞树稍微冷静了一点。

“并不是。”光一在屏幕上调出 AI，“DNA 的变化分析显示，红绒螨的食性变化，开始进食血泥藻的孢子，是最近才出现的。所以我刚才计算了一下，照这样下去，红绒螨和血泥藻的生物量会发生什么样的变化。”

屏幕上出现一幅图。一眼看去，瑞树倒吸了一口冷气。

“厉害……整个陆地上全都是红绒螨了。”

“虽然受捕食的只有血泥藻的孢子，但减少得很明显，而且这可能是一个新的起点！”光一像个孩子似的双眼闪闪发光，“地球果然不允许单独一种生物占据所有的生态位。虽然需要时间，但接下来也许所有地方都会出现血泥藻的天敌。我们要做的就是尽可能保护有潜力的生物，促进它们的繁殖。那样的话，就算不能彻底根除血泥藻，也可以将它们的量抑制在可以控制的范围内。”

遭遇挫折的“增益蓝色地球”项目将会由此复活吗？一度分道扬镳的自然与人类，将会重新联手吗？

“红雨还会有重新变透明的一天吗？而且还能看到蓝色的大海？”

“至少现在这种血一样的颜色，将会变淡吧？”

光一笑了。

“……那么，接下来的问题就是 RAIN。”

环境中的血泥藻数量剧减以后，人类将会重新控制地球。到那时候，问题就将是血泥藻引发的疾病。

“嗯。你的研究，今后将变得愈发重要吧？”

光一拉起瑞树的手。

“这是你的功劳。”

“光一，我……”

瑞树有些哽咽。自己只是碰巧采集了一些螨虫而已，然后突然间，未来变得光明起来。

光一抱住瑞树。

“啊……不行。接下来我还有很多事情要做。”

瑞树想把光一推开，他反而抱得更紧。

“现在值得庆祝吧？”

“话是这么说……”

“那就来吧！”

光一张开双手，所有的衣服都失去了摩擦力，滑落到地上。

“你也来吧！”

虽然有些羞耻，但瑞树也效仿了光一。全裸的瞬间，她下意识想要隐藏的不是胸部也不是阴部，而是左上臂的内侧。虽然上面贴了人工皮肤，但下面依然还有淡淡的红色文身。成人的大手包握孩子小手的“未来”图案。

“转过去。”

“为什么？”

“我想看着它们，更兴奋。”

光一指着红绒螨的水槽，笑嘻嘻地说。

瑞树从光一的实验室里出来，乘上小车的时候，穹顶里突然响起尖锐的警报声。喇叭里发出沉着的女性合成电子音。

“紧急警报！紧急警报！ B–9！ B–9！所有安保人员请穿上生物防护服待命。”

瑞树吃了一惊。怎么可能出现生物灾难等级 9 的情况？到底发生了什么？然后她突然反应过来，难道是水上町长……

“我的实验室。”

她向小车下令，但小车没有动。

“目前那一片区域禁止通行。”

小车的男性合成电子音盖过了女性的合成音。

“目标区域处于封锁状态……所有人请立刻就近进入房间，

锁好出入口。请停止出行，迅速撤离。”

后半部分的内容，与馆内通报声同步了。

瑞树冲出小车。

现在必须搞清楚发生了什么。她在长长的走廊里全力奔跑，心乱如麻。水上町长被人发现了吗？是不是有人发现自己感染RAIN，拉响了警报？

不对，就算那样，最多也就是B-3或者B-4的问题。发布B-9未免太过分了。

难道发生了什么更可怕的事情？感染暴发之类，会导致穹顶毁灭的事件？

她跑过走廊。电梯停了。她从楼梯跑上去。通常都是坐小车，所以对距离没有实际感受。她气喘吁吁，脚下踉跄。如果在这样的状态下暴露在血泥藻的孢子中，大概一下子就会吸进肺部深处。

理智告诉她应该马上右转，按照广播的指示就近躲到房间里待命。就算自己赶去，B-9的事态也不是自己能应付的。如果水上町长被人发现，必然会追究她的责任，至少目前应当遵守命令。

但瑞树还是在跑。

一切都是自己的责任。至少我要亲眼看看到底发生了什么！

她压抑着灼烧般的悔恨。如果没有在光一的房间里沉溺于性爱，如果马上返回实验室，也许可以避免发展成这样的事态。

背后传来车辆靠近的警告声。小车全都停止运行了，所以应该是安保人员乘坐的交通工具。

瑞树挡在前面，用力挥手。

“等等！我也要上车！”

“你在干什么？快点让开！”

虽然被骂，但瑞树毫不退缩。

“我是橘瑞树，是医生。我对现在的情况有了解，我想帮忙。”

“你知道什么？”

车上的人充满怀疑地问。瑞树刹那间下了决心。

“我知道 RAIN 感染者怎么进入穹顶的。”

矮矮的安保车辆立刻开了门。

“上来！”

身穿生物防护服的人叫道。瑞树跳上车，车辆立刻起动。车里坐着十几个身穿同样衣服的人，把座位占满了。瑞树抓着拉手，勉强站在空处。

“感染者是谁？”

“水上丰。第九自治居住区，朝日町町长。”

隔着透明的头盔挡风板，瑞树看到安保人员瞪大了眼睛。

“他怎么混进穹顶的？”

“我帮忙的。”

车里的人纷纷朝瑞树望来。

“你帮忙的？”男子愕然问，“但你怎么瞒过传感器的？”

“水上町长是假死状态。我以为他已经死了，所以放在样本箱里，运了进来。”

“为什么运进来？”

男子手中的枪对准了瑞树。

“为了寻找 RAIN 的治疗方法。这需要死于 RAIN 的尸体。”

男子沉默着，在头盔里和本部简单沟通了几句。刚才的交谈好像本部也听到了，很快就下了指示。

“橘瑞树，你的 ID 已经查到了。路上会把你交给反恐部队，应该会有进一步的审问。”

“等一下！”瑞树努力申诉，“现在的事态是我的责任！请让我协助处理！”

“你能干什么？”

男子冷冷地说，那是看待恐怖分子的眼神。

“至少请告诉我水上町长现在在哪儿？而且为什么是 B-9？”

男子又在头盔里沟通了一会儿，用一句话回答了瑞树。

“水上正在逃亡。”

瑞树眼前一黑。

RAIN 末期会出现迫害妄想症等精神症状。水上是被恐惧驱使，盲目逃走了吗？但他还能走路吗？

他在逃走的路上被人看到了吗？也许是穹顶内的传感器发现了异常。他应该走不远，但如果在散播血泥藻的孢子，那问题就严重了。而且他的血液里还潜伏着更加可怕的血泥藻游走子……

“恐怕水上先生陷入了暂时的谵妄状态。如果找到了他，我可以说服他。”

“说服？”男子好像很想说别开玩笑了，不过还是向本部请求了指示，“……好吧，总之允许你同行，但不能擅自行动。上头的命令是：如果违反指示，立刻击毙你。”

瑞树直视男子的眼睛：“好的。”

沉默笼罩着车辆内部。瑞树感觉到所有人看自己的眼神中都充满敌意，但也无能为力。在他们看来，自己就是“红色愤怒”的恐怖分子。

开了一会儿，车辆停止了。

“下去！”

男子挥挥枪口，指示道。瑞树下了车，被夹在强壮的男人们中间。

“传感器显示，感染者应该在这里面。”

瑞树吃了一惊。那是种了许多树的公园，距离瑞树的实验室超过 100 米。

“全体散开，包围感染者。一旦发现，立刻击毙。”

“等一下！请先让我过去！”瑞树向男子请求道。

“你过去干什么？”男子严厉地问。

“我去说服他投降。”

“没必要投降。命令就是击毙他。”

“可是，如果水上先生能够自己行走，就不用搬运尸体了，而且假如能避免争执，血泥藻释放的孢子也会比较少。”

瑞树努力说服男子，或者说，是说服在背后观察这一切的穹顶管理者。

“……但是你没有穿防护服。万一被感染者咬了、抓了，会有感染的危险。”

男子警告说。语气一如既往的严厉，不过眼神似乎柔和了一些。

“没关系。这是我导致的事态。”

“我是说，你要是感染了，危险就更扩大了。”

“就算我感染，再传染给别人也需要时间。而且如果你们认为有危险，那就请随时开枪打死我。”

男子又在头盔里说了些什么，大约是请求指示。也许是错觉，瑞树感觉他像在帮自己说话。

“批准了。给你5分钟。你要在5分钟里进入公园，说服水上，把他带出来。如果成功的话，你们两个都能活……虽然是暂时的。”

“谢谢。”

瑞树转身走进公园。在背后看着她的安保人员中，没有传来任何声音。

“水上先生，您在哪儿？”

没有回应。

瑞树继续往里走。树木并不茂密，不过树干比较粗，只要想躲，总能躲起来。

瑞树的心脏越跳越快。

如果水上町长完全精神错乱，他可能会不认识自己，甚至突然袭击自己。像刚才那个安保说的，如果被他咬到，自己就没命了，甚至只是近距离接触，都会有感染的危险。

“水上先生，您在哪儿？我是橘瑞树。您需要立刻接受治疗，请出来。”

依然没有回答。也许不在这里？但如果穹顶内的传感器探测到血泥藻，那他肯定进了这里。而且公园已经被包围了，也不可能从这里出去。

她来到公园的最深处。

瑞树绕到一棵大楠木后面，只见水上町长坐在地上，背靠着另一棵树。他半闭着眼睛，痛苦地喘着气。

“水上先生，您在这里啊！”

瑞树松了一口气。水上没有反应。

“还能走吗？马上和我一起出去吧！”

水上町长睁开眼睛。瑞树吓了一跳。

眼白已经完全红了。

“水上先生，对不起，我们必须马上从这里出去，不然安保人员会开枪的。”

水上町长终于开口了。

“我，为什么会在这里？”

他不记得了？

“水上先生，您是自己走过来的……恐怕因为 RAIN 的缘故，意识模糊了。”

“是吗……太危险了。”水上町长用低沉的声音说，“会感染周围的人啊！”

瑞树摇摇头。

“没关系。目前为止，应该还没有人接触过水上先生。”

水上町长微微一笑："那太好了。"

"我们只有 5 分钟时间。您能站起来吗？"

水上町长慢慢摇摇头。

啊，这……瑞树的心沉甸甸的。没办法，只有这样了。

"我扶您，请务必努力站起来。"

如果 5 分钟内不能把水上町长带出公园，安保人员肯定会开枪的。瑞树跪在水上町长面前，让他扶自己的右肩。

"你是橘小姐吧？"

水上町长没有动。

"不能碰我，会感染的。"

"短时间接触没关系的。快，来吧！"

但是水上町长依然没有动。

"怎么了？"

"你现在马上回去，就说我动不了。"

"那样的话，他们会马上杀了你的！"

瑞树想要说服水上町长。

"没关系。我已经是个死人了……而且我不记得自己有没有告诉过你，一旦宿主死亡，血泥藻马上就会失去感染力。等我死了再回收我的尸体，风险会小一点。"

水上町长的眼睛已经超出了充血的范围，像是染料一样通红，但说话的内容始终很清晰。

"水上先生，您还活着！"

瑞树拼命鼓励水上。

“我是医生，我必须拯救您的生命。而且，您的存在，对于RAIN 的研究，具有不可估量的价值……也就是说——”

“嗯，这个我知道。RAIN 的末期患者，很少有人还能活着。”

水上町长笑了。

“我很乐意接受人体实验。如果这样能够对治愈这种可怕的疾病起到帮助作用。”

“那就请您马上扶住我。”

“……但是，那是无法实现的梦想吧？我不认为穹顶里的人会让你在唯一没有污染的穹顶里做这么危险的实验。”

“这——”

瑞树无话可说。水上说的没错。但即便如此，她还是不能让水上町长在这里白白死去。

“那我和您一起离开穹顶。”

“你在说什么？”水上町长皱起眉头。

“只有这样，才能让您活下来，也才能继续 RAIN 的研究。”

走投无路之下，这是瑞树刚刚想到的唯一办法，不过她的内心其实早已经做了决定。

“不行！我就算了，但你还有未来……你付出了许多努力才进入这里的吧？”

瑞树吃了一惊。他怎么知道？

“您怎么知道我是贫民窟出身？”

是因为“漂白”的皮肤吗？还是从微妙的口音和态度上判断出来的？

“你一定是在下着红雨的町上出生、长大，否则，不会把我这样的 RAIN 末期患者当成人看待，也不会冒着生命危险研究 RAIN。”

水上町长的语气，完全不像是濒临死亡的人。

“我……”

瑞树哑口无言。她眼中饱含热泪，只能闭上眼睛。苦咸味在喉咙里扩散开来。

“那，您能相信我吗？请按照我说的去做。”

水上町长伸出手掌，摆出不要瑞树帮忙的姿势，然后把手按在地上，试图站起来。

他的动作比刚出生的小鹿还要虚弱，不过在拼命的努力之下，他终于成功站了起来。

“谢谢！那我们走吧！”

看看表，距离安保人员规定的 5 分钟时限，已经过去了 3 分半。不能再磨蹭了。

瑞树伸出手。

“没关系，我自己能走。”

水上町长又拒绝了瑞树的手，慢慢往前踏出一步。他似乎很痛苦，表情扭曲，额上流汗。

“请抓住我。”

“没关系。最后一次，我还是想用自己的腿走。”

水上町长迈着僵尸般的步子，一步步往前。

他在尽力避免感染到自己。想到这里，瑞树的眼睛又被泪水遮住。她走在水上町长旁边，咬紧牙关，不让自己哭出来。她做好准备，如果水上町长摔倒，马上就去扶他。

“你是哪个贫民窟的？”

水上町长一边喘气，一边用闲聊的语气问。

“第七自治居住区。”

水上町长吃了一惊。

“第七自治居住区……等一下，你的父亲，该不会就是橘先生吧？”

他认识父亲？瑞树也吃了一惊。

就在这时，前方的树木突然烧了起来。

瑞树一下子没明白发生了什么。没有明火的地方突然冒起火焰，随即向周边蔓延。瑞树终于反应过来，意识到发生了什么。

火焰喷射器。

安保人员正在焚烧公园的树木。

他们要把自己连同血泥藻一起烧掉。

“等一下！我们正在出来！还没到 5 分钟……”

但她奋力呼喊的声音，似乎并没有传过去。

瑞树跑出去。

“别过去。”

她能听到水上町长在背后宛如喃喃自语的声音，这简直是个奇迹。

“住手！别用火焰喷射器！我们马上投降！”

眼前的树木被耀眼的光芒包围。热……瑞树背过脸。热量炙烤着脸上的皮肤。她实在承受不住，转头背着火焰逃开了。

“这里！快回来！”

水上町长的喉咙都要叫破了。

瑞树退了几步，然后再度转过身子。

“住手！求求你们！”

烟雾中出现了三个身穿生物防护服的人。中间那个举着火焰喷射器，两边两个人端着机枪。瑞树不知道其中有没有自己在车里说过话的人。

“5 分钟！还没到！说好了 5 分钟的，对吧？”

瑞树走上前来。两边的两个人举起枪，瞄准瑞树。

没希望了……瑞树一阵眩晕。一切都是徒劳。他们从一开始就没打算遵守约定。不，他们毕竟还是等了 3 分钟，也不是完全没有机会。大概是等待的时候强硬派占了上风，或者本部下达了新指令。不管怎么样……

举着枪的人，散发出强烈的杀气。

他们会开枪的。

瑞树做好了死的准备。

“等一下，你们不能开枪杀她！”

水上町长走上前来。他走得摇摇晃晃，但已经很快了。

三名保安后退了好几步。这大概是他们有生以来第一次看到 RAIN 的患者。

“请听我说。她……橘小姐，可能会发现 RAIN 的治疗方法。她为此把我运进了穹顶。本来应该在安全的实验室中进行研究，但是，我烧糊涂了，离开了实验室……请不要开枪，我们会遵守指令。”

捧着火焰喷射器的人，朝两边的人示意放下枪。

太好了。瑞树松了一口气。

这样总算可以避免最坏的情况了。接下来就看能不能说服穹顶的委员会，放自己和水上町长出去了。

中间的人看到两边的人放下了枪，将火焰喷射器的喷筒对准了瑞树这边。

哎？这是怎么回事？

虽然局面很明确，但瑞树的大脑拒绝相信眼睛看到的情况。

这是为什么？没道理……

“住手！不要把火焰喷射器朝向她！”

水上町长又往前走，挡在瑞树身前。三名保安又退了几步。

“没必要这么做！我们不会逃跑，也不会躲起来！我是第九自治居民区朝日町的町长水上丰……”

伴随着一声轰响，耀眼的火舌喷射而出，舔上水上町长。

町长的身体立刻烧了起来，他转了一圈，倒在地上。

这不可能。这怎么可能？

瑞树呆立在原地，嘴唇颤抖，然后尖叫起来。过度的恐惧和悲痛化作不成言语的惨叫。

水上町长倒在地上不再动弹，但保安还在继续喷火。

空气中弥漫着蛋白质燃烧的焦臭。

相比于失去水上町长的悲痛，绝望感更是抽干了瑞树双腿的气力，她跪倒在地上。水上町长身上导致 RAIN 的游走子全都烧光了，揭示 RAIN 发病机制的研究，已经不可能了。

“根据穹顶运营规则第九条，起诉委员会现在开庭。”运营委员会的税所议长高声宣布。

所谓“九条委员会”，是为了惩戒穹顶内发生的重大事故与犯罪行为而开设的，这是七年来的第一次开庭。

“起诉人由运营委员会的鹿园委员、鹰司委员担任。此外，尽管没有先例，但穹顶运营规则第九条第十七项中明确规定，被告可以设置特别辩护人。”

税所议长扫了一眼瑞树身边的人。

“因此，本次选择麻生光一担任特别辩护人。有异议吗？”

会场内弥漫着冰冷的气氛。反正判罪是不可避免的，税所议长这是在耍什么把戏？按过去的判例来看，九条委员会起诉的人，没有一个被判无罪。

“……看来没有异议，那么我们继续进行。首先请鹿园委员发言。”

举手走向讯问席的鹿园是一名男性，他总是身穿得体的服装，脸上笑容不绝，可以说是穹顶居住者的模范，但细细的眼睛几乎从来不眨，一贯闪着冷酷的光芒。

“被告橘瑞树出身于第七自治居住区，因为学业成绩极其优秀，以特选生的身份进入穹顶，获得医生资格，主要从事 RAIN 治疗方法的研究。”

鹿园委员用低沉而清晰的声音开始陈述。不过他显得有些心不在焉，似乎只是在阅读手里的稿子。

“……她私自将第九自治居住区朝日町町长水上丰的‘尸体’运进穹顶藏匿，违反了穹顶运营规则第三条第一项、第二项、第三项、第七项、第十四项、第十五项、第十六项。”

鹿园委员环视会场内的听众。传言说他日后将会竞争议长的位置，大概也想趁这个机会让自己给听众留下一些印象。

“但是，水上实际上是假死状态。被告未能发现这一点，把水上放在实验室内，自行离开，结果导致恢复了意识的水上离开实验室，在穹顶内游荡。当时，水上体内充满了导致 RAIN 发作的活性化血泥藻孢子……也就是游走子。因此，当时如果有人接触到宛如梦游症患者一样四处游荡的水上，就有可能感染 RAIN。”

听众席一阵骚动。

听众席中弥散出的是最为强烈的恐惧。对于穹顶内的人而言，没有比血泥藻更可怕的东西。更不用说 RAIN 一旦发作就只有死路一条。

很快，无法忍受恐惧的听众，开始将那股能量转化成别的感情——愤怒。被告竟然想给穹顶这片神圣的乐土带来如此可怕的惨祸，他们纷纷向瑞树投来炙热愤怒与冷酷无情的目光。

“……因此，本委员会要求对被告橘瑞树处以死刑，以药物注射或二氧化碳的形式执行，对尸体检查确认有无感染 RAIN 后，在穹顶外的焚烧炉彻底焚烧。骨灰作为废弃物投弃到海洋里。以上陈述，基于穹顶运营规则第九条、第三十三条及第五十四条。”

最后，鹿园迅速结束陈述，返回自己的席位。

“那么，特别辩护人，对于刚才的量刑，你有什么异议吗？”

对于税所议长的问题，光一举手走向讯问席。

“事实关系大致认可。但我认为量刑过重。”

“你有什么依据？”

税所议长的声音越来越高。

“依据是被告的动机。”

光一深深吸了一口气，环顾听众，开始陈述。

“被告橘瑞树，废寝忘食，全身心投入 RAIN 的研究。这并不是为了让自己获得认可，也不是为了在穹顶内获得更高的地位，是因为她想拯救受 RAIN 折磨的患者，想扑灭 RAIN 这种疾病，那是崇高的使命感，和她对人类的热爱。”

光一用肢体语言和语调表达自己的悲伤。

“但遗憾的是，被告采用了错误的方法。正如刚才鹿园委员所指出的，她违反了穹顶运营规则第三条的诸多项目，将死于 RAIN 的尸体带进了穹顶。毫无疑问，这是极度危险的行为。”

听众鸦雀无声，听着光一的抗诉。

“但与此同时，这一行为中也隐藏着刚才所说的崇高动机，那么死刑是否为恰当的刑罚？对于疏忽或判断失误的惩罚，最重的判例也只是驱逐出穹顶。而本次的情况，明显是被告的重大判断失误导致了危险的局面。”

“我抗议！”

坐在鹿园委员旁边的鹰司委员举起手大声叫喊起来。他身材高大，体格健壮，在七年前的案件中也曾担任起诉人，以对待被告的严酷而闻名。

“这次的事件真能说只是单纯的判断失误？”

“请到询问席上发言。”税所议长打断了他的话。

“抱歉。那么，我可以陈诉自己的意见吗？”

鹰司委员站起身，径直向讯问席走去。那态度就像是让光一赶紧把地方空出来似的。光一显得很生气，但可能是认为在这里争执会导致负面印象，还是老老实实让出了地方。

“我认为，这次事件是被告有意引发的。”

鹰司睥睨着听众说。听众席一阵骚动。

“也就是说，被告的罪名不是单纯的疏忽，而是明显的恐怖行为！”

会场内顿时一片哗然。

“肃静！请肃静！”

税所议长大声呼唤，但骚动并没有平息的迹象。

“恐怖分子！死刑！”

“赶快判决！”

“用她做 RAIN 的人体实验！”

光一阻止了这股眼看就要动用私刑般的气氛。

“不！这不是恐怖袭击！”

光一上前一步，用比税所议长大一倍的声音吸引听众的注意。

“刚才说过，被告是无私的医生，她行动的唯一动机，是找到 RAIN 的治疗方法。指控她搞恐怖袭击太荒谬了。她为什么要那么做？”

听众稍微安静了一些，但显然没有被说服。

“原因我接下来会解释。”

鹰司委员挥挥手，让光一退下。

“被告橘瑞树是被送入穹顶的恐怖分子，身负破坏穹顶的秘密使命。”

鹰司委员用锐利的目光瞪着瑞树。瑞树微微摇头。

从一开始，她就没有期待这个起诉委员会能做出公正的裁决。不过被贴上恐怖分子的标签还是出乎她的意料。当然，其实也没有什么不同。

一切都结束了。

如果水上町长还活着，说不定有可能研制出疫苗。

现在已经没希望了。

就算能够免于死刑，只要被驱逐出穹顶，那也没有任何意义了。当然那样的话，还不如直接死刑，至少痛苦会少一点。

“什么意思？我很了解被告。恐怖分子的说法完全是空穴来风！”

不知道光一是否了解瑞树的心情，他还在奋力为她辩护。

“这里有被告的个人资料。”

鹰司委员举起寥寥几张纸。

“八年前，橘瑞树在第七自治居住区举行的统一学历考试中获得了第一名，被引入本穹顶……根据这份记录，她的成绩非常出色。不仅是第七自治居住区的第一名，也是所有自治居住区的顶尖水平。”

鹰司委员带着意味深长的表情环视听众。瑞树很惊讶。他到底要说什么？

“但是，如果这里存在不法行为呢？”

“我抗议！”光一举手打断他，“不可能。我听说，被告在穹顶内部的学习中也获得了优秀的成绩。而且，统一学历考试中不可能作弊！”

“你凭什么断言不可能？”鹰司委员嘲讽地问光一。

“穹顶在考试当日的早晨才移交题目，不可能提前知道。而且考试期间，所有考生都受到严格的监视。”

“我不是说那个。问题在于，分数是在自治居住区里打的。”

鹰司委员打断了光一的回答。

“试卷会送到穹顶，而且答题纸在考试结束后就会发生化学变化，不可能篡改。”

“不需要篡改。只要换一张纸就行了。纸上只写考试号。”鹰司委员冷笑着说。

“这怎么可能？而且你说的替换答题纸，又有什么依据？”光一猛烈反驳。

“第七自治居住区还有一位少女，成绩优异，备受关注。她叫山崎百合。有人怀疑橘瑞树就是和她换了身份。这一点在个人记录中也提到了，但没有发现确凿的证据，所以没有接受，也没有做进一步的调查。”

鹰司委员用右手手背猛敲左手拿的文件。

“但实际上，考试以后，这两个人就互换了身份！这是第七自治居住区的整体行为，所以没有留下证据。但为什么要替换合格考生？只有一个解释，就是为了破坏穹顶！”

“换句话说，你其实没有任何根据？”

无视光一的抗议，鹰司委员继续说道：“至于幕后黑手，大家都很清楚吧？那就是对穹顶怀有疯狂恨意的恐怖组织，‘红色愤怒’！”

听众的恐惧达到了顶峰。事态再度变得无法控制。

“不但没有证据，而且连支撑怀疑的根据都没有！哪有这样荒谬的指控？”

光一还在奋力辩解，但只是螳臂当车。

“苍蝇不叮无缝的蛋！”鹰司委员丢下一句话，“如果没有替换，为什么会有这种传闻？而且还专门写在个人记录里，说明这件事有一定的可信度！”

“太荒唐了！照这么说，只要是有一点点嫌疑的人，全都是有罪的？”

正如光一指出的，这个说法太荒谬了。提出替换的是山崎百合的父亲，实际上也没有替换。但在这里，只要蒙上这样的疑点，就没办法洗清自己了。一切都是因为自己的贫民窟出身。在那些有幸出生在穹顶里的人看来，出身贫民窟的人，都是老鼠。

老鼠就应该被关在老鼠笼里，沉入水里淹死。

“议长，没必要再讨论了吧？被告是恐怖分子，这一点已经很明显了。请您裁决。”

鹰司委员摆出一副完美证明瑞树有罪的表情。

“不，请起诉委员会暂时休会！”光一做出最后的抵抗。

“休会？什么意思？”税所议长皱起眉头。

“我要证明橘瑞树在考试中没有作弊，”光一恳求道，“所以我想去第七自治居住区走访调查。”

税所议长面露难色：“离开穹顶是很危险的。而且如果第七自治居住区真是‘红色愤怒’的根据地，那就更危险了。我不想吓你，但最好还是别去。”

“照这样下去，被告很可能最终接受那么荒谬的指控。请允许我去调查。”

光一坚持己见。他在穹顶内也属于颇有势力的一族，税所议长也不能轻易驳回。

“好吧。那么给你一天的时间调查。起诉委员会将在明天的同一时间继续。”

税所议长做出裁定，起诉委员会暂时休会。

“你想怎么做？”瑞树对光一低语。

“就像我说的，去你的故乡看看。”光一笑着说。

“我要去找山崎百合那个女人，想办法把她带来这里，证明你没有作弊。”

“那也没有意义。”瑞树真心地说，“他们不会把贫民窟的人给出的证词当真的。你没必要为这种事情冒险。”

“按道理说，起诉方必须提出有罪的证据！”光一愤怒地说，“可是他们只凭莫须有的说法，就要判你有罪。只要有人站出来提供反证，至少大家会意识到其中的荒谬。”

然而那只是一线希望而已。这绝不是公平的判决，只是一项程序化的仪式。

“总之你就安心等我吧，我一定会救你的！”

虽然不知道这样的自信从何而来，但瑞树还是在光一的话中感觉到不可思议的勇气。

“……但是，就算侥幸不被判处死刑，结果也一样。”

她本不想说，但还是说了出来。

“结果一样？什么意思？”

光一很吃惊。看到他的表情，瑞树后悔自己说了真心话。他这一生从没有离开过穹顶，而现在却要为了自己冒险去贫民窟。

“不，没什么，对不起。”瑞树强作笑脸，“总之，绝对不要勉强自己，好吗？”

“嗯，没事的。”

光一的神色中有着从未看到过的坚韧。

第二天，光一赶在起诉委员会开始前，来到拘留瑞树的房间。

他与安保人员交涉，请他们离开房间，但神色明显很紧张。

他来到瑞树身旁，小声告诉她：“很遗憾，山崎百合来不了。”

她是因为自己拒绝了她而怀恨在心吧？

光一似乎看出了瑞树的疑问，摇了摇头。

“她死了。她父亲也死了。没人能证明替换不是事实了。”

瑞树问了一个她最关心的问题：“百合是死于 RAIN 吗？”

“不，是事故……她父亲死于 RAIN。”

“哦。”

无论如何，这样的局面下，避免死刑是不可能的。

瑞树挤出笑脸。

“谢谢你特意跑去贫民窟。你不用再管我了。”

“你在说什么？”光一的表情很严肃，“我绝不会让人杀你，不到最后，千万不要放弃。”

但也没有任何办法了吧？

“我会以立论不足为主旨，为你辩护。如果税所议长还有良心和判断力，至少不会判处你死刑。但如果出现最坏的情况，”光一进一步压低声音，“请按我接下来说的做……”

听到光一的指示，瑞树愕然无语。照那样去做，不是等于给那些把自己视为恐怖分子的人送子弹吗？

房间的门开了，安保人员走了进来。

“时间差不多了，请做好准备。”

“记住了吧？”

光一又叮嘱了一句。瑞树觉得实在太乱来了，不过仔细想想，反正都是死刑，也没什么可怕的了，也许只能按光一说的去做。

不出所料，起诉委员会朝着最坏的方向发展。

光一说明自己去了第七自治居住区，但山崎百合已经死亡的情况，鹰司、鹿园两名委员都摆出一副早就知道的讥笑神情。

接着，光一公布了第七自治居住区居民们的证词。所有人都证实瑞树从小就很优秀，被称为神童，并且还有几位正在穹顶外待命，随时可以质询，但这些都被无视了。贫民窟居民的证词毫无价值，至于说让有可能是恐怖分子的人物进入穹顶，不管他们有没有表现出 RAIN 的症状，都是不可能的。

光一又强调说起诉一方必须承担举证责任的原则。

“起诉方没有给出任何依据证明被告橘瑞树是‘红色愤怒’的一员，”光一在最终陈述中做了铿锵有力的辩护，“无论怎么说，就这样认为她是恐怖分子，实在太荒谬了。被告尽管出身于贫民窟，但也是和我们一样的人类，难道不应该适用‘疑罪从无’的原则吗？”

这时候，本来已经结束了最终陈述的鹰司委员，举起手站起身，又开始说话。

“‘疑罪从无’是个很动听的词。就算错放了一百个罪犯，也不能错杀一个无辜的人。在和平的、有秩序的社会里，大概可以实践这么崇高的理想……但是，我们现在所处的环境，能让我们这么宽大吗？只要不能完全证明嫌犯有罪，就要无罪释放他？我不这么认为。在面临重大危机的情况下，即使没有百分之百的证明，也不得不认为嫌犯有罪并加以处罚。这是不可避免的，也是恰如其分的。”

鹰司的说法，巧妙地扭曲了“疑罪从无”这个词的意思，故意使用“无罪释放”这类与事实相反的词汇，操控听众的印象。

“首先，被告橘瑞树采用阴谋诡计，将 RAIN 的感染者带入穹顶，这是她自己也供认不讳的事实。而且在那之后，她明知感染者恢复了意识，却没有采取任何防备感染者逃亡的措施，而仅仅把他放在实验室里。她本应该想到，在那样的情况下，感染者很可能会在穹顶内游荡。我们只能认为，她不是没有想到，而是故意那么做的。换句话说，被告是不是‘红色愤怒’的成员，都不能影响判决。被告的行为，是明确无误的恐怖活动。不管她是不是恐怖集团的正式成员，橘瑞树的行为事实上威胁到了无数人的生命，在最坏的情况下，甚至有可能毁灭这个穹顶。这一事实是毋庸置疑的。”

鹰司委员充满自信地环顾听众。

瑞树终于意识到，把自己打成恐怖分子，正是鹰司的策略。正因为这种怀疑没有任何证据，所以他并没指望这一点会被认可。

鹰司真正的目标，其实是在这个最终陈述上。如果他一开始提出这样的主张，就会受到光一的反驳。但是，他在最终陈述中给听众塑造的印象是：无论意图如何，瑞树的行为本身正是恐怖主义的行动。

光一立刻举手，想要再度反驳，但没有得到许可。

税所议长只考虑了 15 分钟，便做出了判决。

“是否有罪的判断很明显。当事人也承认了自己的行为。她私自将体内具有危险游走子的 RAIN 末期患者运进穹顶，结果导致患者在穹顶内自由游荡。没有与任何人接触从而造成感染，这可以说是奇迹。否则，诸位中的某一位，或者家属中的某一位，恐怕已经成了牺牲品。”

税所议长的总结，不但和鹰司委员的论点相同，而且更富煽动性。果然，听众们纷纷开始痛骂起来。

“我认定，被告橘瑞树有罪。那么接下来进入确定量刑的阶段。通过在场各位举手的方式进行多数表决。”

税所议长咳嗽了一声。

“认为应当执行死刑的人，请举手。”

差不多所有人都举起了手。

结束了。果然如此。瑞树闭上眼睛。

“多数通过。不过慎重起见，另一方也做个表决。认为应当将被告驱逐出穹顶的人，请举手。”

一只手都没有举起。

“好的。全体一致反对。那么判决被告橘瑞树死刑。各位辛苦了。”

税所议长正要宣布解散的时候，光一举起手来。

“议长，我有话要说。”

“辩护人，判决已经下了。”税所议长皱起眉头。

“这一点我了解。但是，我在第七自治居住区调查的结果，揭示了新的事实。这个事实会影响到穹顶的安全。因此我想在解散前做一个说明。”

“什么意思？”

光一深深吸了一口气，大叫道：“我想错了，被告橘瑞树，确实像鹰司委员说的那样，她是‘红色愤怒’的成员。”

会场内再度沸腾起来。

“肃静！肃静！”

税所议长竭力维持秩序，但骚动没有任何平息的迹象。

“果然是这样！”

“杀了她！现在就杀了她！”

“杀光恐怖分子！”

满场的听众全都站了起来，简直马上就要冲上去把瑞树撕成碎片。

“肃静！继续吵闹的人，我要求你们退庭！”

税所议长用扬声器警告。

“此外，不服从命令的人，扣除100点。所有人请马上坐回自己的位置！”

几乎化作暴徒的听众，终于闭上嘴巴，但还是愤愤不平地瞪向瑞树。

“辩护人！你到底在说什么？判决已经下达了！而且你的职责不是为被告辩护吗？”

税所议长瞪着光一。

“的确如此。但我认为，起诉委员会并不是争夺胜负的游戏场所，而是为了揭示真相而设立的。”

光一不为所动。

“因此，也是为了今后，我认为需要展示我调查到的事实。”

“可是……”

税所议长似乎无法理解光一的真意。

“本次事件显示出穹顶所受的安全威胁超出我们的预期。而其中最大的风险因素有 RAIN，也有‘红色愤怒’。与此相比，对橘瑞树个人进行什么惩罚，可以说无关紧要。我们应当准确地理解，恐怖行为是在怎样的背景下发生的。”

听众们在听光一的话。有几个人点头表示赞同。

“起诉人认为呢？”税所议长难以判断，转向鹿园和鹰司委员问道。

“……辩护人的意见，包含了不容忽视的要素。”鹿园委员勉强答道。

“因此，对于听取第七自治居住区的调查结果，我没有异议。”

“但作为起诉人，如果证明被告真是‘红色愤怒’的成员，那么我认为应当加重量刑。”鹰司委员大声补充道。

“可是，被告已经被判处死刑了。这还如何加重量刑……”税所议长更显困惑。

“量刑是死刑，而死刑的执行是用药物注射或二氧化碳的方式进行。但如果被告的行为是有组织的恐怖行动的一环，那么我认为，应当进行充分的报复。”

鹰司委员恶狠狠地盯着瑞树：“刚才我听到有位听众喊了一句，他说要把被告人用于 RAIN 的人体实验。我认为这是上天的启示。邪恶的恐怖分子，至少在临死前对医学进步作出一点贡献。”

听众中欢声四起，响起澎湃的鼓掌声。

“明白了。辩护人，你认为呢？”税所议长又问光一。

“我没有异议。”光一面无表情地回答。

“好。那么，起诉委员会继续进行，允许辩护人发言。”

税所议长做出了决定。

“谢谢。那么我开始汇报调查结果。”

光一鞠了一躬，转向听众开始陈述。

“这次我去了第七自治居住区，才知道他们的想法和我们的常识完全不同。”

安静下来的会场里，光一的声音在回荡。

“我们继承了人类的智慧遗产，拥有广阔的知识和视野，凡事都擅于站在客观角度去审视。但是，自治居住区——也就是所谓贫民窟的居民，与我们完全不同。他们每天只顾追求眼前的快乐。关于这一点，考虑到他们所处的残酷生活环境，大约也是可以理解的，但一代代人都这样生活下来，他们和我们的思想差距便大到了令人绝望的程度。”

听众们都听得很认真。

“他们的生活永远充满痛苦，他们的寿命短暂，而且最后都会死于 RAIN。所以他们试图用眼前的快乐麻痹自己，但也不可能一直麻痹下去。总有一天，他们也不得不正视现实。这就导致他们产生出一种危险的想法，认为他们所有不幸的根源都在于穹顶里的人。”

听众席中出现了骚动。虽然不是什么新话题，但亲身去过贫民窟的人说出这番话，还是富有说服力的。

“这不仅是一部分过激分子的想法。贫民窟里的居民都这么想，只是程度有所不同罢了。我们不能把‘红色愤怒’看成异端，而要视为贫民窟居民的集体意识诞生出的怪物。”

光一的话犹如无数钢针，刺进听众的耳朵。

“辩护人，你到底想说什么？”鹰司委员焦躁地打断光一的话，“我还以为能听到什么具体的调查结果。”

光一点点头。

“之前只是开场白。接下来，我将把‘红色愤怒’的代表亲口说的消息传达给大家。”

会场里响起了前所未有的惊呼声，简直不像叫声，而像是野兽的吠吼。那说明了听众受到的冲击有多大。

“‘红色愤怒’的代表亲口说的？”税所议长一脸震惊地重复道。

“你和恐怖分子见了面，说了话？这怎么可能？”

“并不是我故意去找他，是他知道我在调查，主动来找我的。”光一继续放低姿态。

“等一下！议长，现在应该中止辩护人的发言！”

鹿园委员站起来，声音比鹰司委员更大。

“辩护人想要利用起诉委员会，为恐怖分子代言！如果那是一条有害的信息，将造成不可挽回的影响！”

“是否有害，请听完信息的内容再做判断。”光一呼吁道，“而且，如果不听信息的内容，可能会导致更加危险的局面。”

“什么意思？”税所议长问。

“议长！不能再问了！”鹿园委员慌忙打断，“如果一定要说，那么首先应该仅由我们几人闭门讨论！”

“不，我认为在这里的所有人，都有权听到这个信息。”光一环顾听众，“如果无视信息，穹顶和贫民窟将会陷入全面战争。应当由所有人听到这个信息，做出集体判断。诸位，你们愿意被隔绝在外，听任别人决定自己的命运吗？”

听众一片哗然。

“他们说了什么？”一个人站起来叫道。

“请不要随意发言！”

税所议长试图制止，但又有几个人站了起来。

“那是什么信息？”

“我们有权听！”

税所议长又用上了扬声器。

“肃静！现在站起来的人，我命令你们立刻退庭！不遵守指示者，将会扣除100点……”

又有十几个人站了起来。

“我们有听的权利！”

“让我们听！”

“别想搞黑箱！”

会场呈现出即将暴动的局面。税所议长犹豫了片刻要不要采取强硬措施，但最终还是接受了他们的要求。

“好吧！那么作为特例，就来听听消息的内容。”

欢声四起。看到事态已经无法收拾，鹿园委员和鹰司委员一脸茫然。

“‘红色愤怒’的代表给我的消息是这样的，”光一咳嗽了一声，继续说道，“我们和住在穹顶里的人一样，都是活生生的人类，自然应该拥有同样的权利。因此，穹顶居民独占所有资源的现状，必须加以改变。我们要求，穹顶应当努力改善我们的生活环境。”

“说什么蠢话。这种自以为是的要求有什么可听的！”鹰司委员恨恨地说。

“此外，橘瑞树是我们送进穹顶的人，但并没有制造恐怖袭击的意图。因此，请将她完好无损地引渡给我们。”

“开什么玩笑！干了那些事，还说没有恐怖袭击的意图？”

鹰司委员激动地大叫，不过大部分听众还比较冷静。

“如果我们的要求不能得到满足，那么我们将全面进攻穹顶。”

会场里又一次发生了无法形容的骚动。但是，这一次似乎恐惧超越了愤怒。

“进攻穹顶？开什么玩笑！他们以为能打赢我们？”

这次是鹿园委员愤怒地大吼。听众们也有不少人表示赞同。

“只要我们动手，可以轻而易举杀光贫民窟的人！”

“那么，您动手吗？”光一静静地问，“彻底消灭自治居住区的居民。然后只靠几个穹顶里的人，我们就能一直活下去吗？”

鹿园委员哑口无言。

“您很清楚，那样是不可能的吧？不光是道德问题，如果我们不能定期获得新鲜血液，穹顶也将无法维持下去。”

光一指出的问题，压在所有人的胸口。

“和他们谈谈吧！我们早就应该这么做了。他们和我们都是同样的人——是同胞。”

然而对于光一的建议，鹿园委员报以大声的嘲笑。

“我明白了！原来是这样！你想得真不错！”

“什么意思？”

面对光一的疑问，鹿园委员抬起头，摆出对决的姿态。

“别装傻了。你根本没见过‘红色愤怒’的代表，对吧？麻生光一。”鹿园委员嘲弄地说，“刚才你所说的要求，全都是你编造的，对吧？你对改造他们的生活环境并没有兴趣……关键是，你为了拯救被告橘瑞树的性命，才演了这么一出戏。”

听众们保持着沉默。他们不知道该相信谁了。

“我没有演戏。”光一的表情毫无变化，“我真的见到了‘红色愤怒’的代表……而且他还给我看了他们的武器，攻击穹顶的武器。”

“武器？他们的武器也就是血泥藻吧？穹顶已经采取了完善的防御措施。像这个女人……”他看着瑞树，继续说道，“只要没有这样的间谍，这里就是安全的。”

“您想得太简单了。”光一的语气中带着不祥的气息，“迄今为止，他们并没有打算破坏穹顶。因为这是珍贵的人类财产，而且也蕴含了他们的希望。但是，如果我们不去和他们接触，那么大势所趋，他们总有一天会把穹顶作为破坏的目标。”

“破坏穹顶？他们有那个本事吗？”

税所议长没能按捺沉默，插嘴说：“他们有燃料炸弹。”

光一喃喃自语般地说：“诸位不会忘了吧？现在地球上唯有燃料应有尽有。他们发现了一种方法，能用血泥藻做原料，制作强力炸弹。如果用它攻击穹顶，我们不可能永远防御下去。要么杀光他们，要么穹顶毁灭。二选一。”

沉默笼罩了会场。死一般的沉默。

“你撒谎！”鹰司委员大叫起来。

“全都是你在撒谎！你证明啊？证明你这个消息是真的！”

鹰司委员转向听众，挥舞手臂，试图煽动听众的情绪。

“‘红色愤怒’并没有要求释放橘瑞树。一切都是他编造的。退一万步说，所谓橘瑞树是‘红色愤怒’成员的说法，就非常可疑。”

这是在赤裸裸打自己的脸。

“对他们来说，能从贫民窟来到穹顶，就像是从地狱来到天堂。既然自己能过上富足的生活，哪个人还能对贫民窟保持忠诚？”

“你们刚才不还是这么坚持的吗？”

鹰司委员仿佛没有听见光一的指责。

“我收回那个指责。就当橘瑞树是出于单纯的疏忽做出那样的事情好了。但即使如此，她也死有余辜。”鹰司委员煞有介事地说。

“是吗？很遗憾，橘瑞树是‘红色愤怒’的成员，这是冷酷的事实。”

光一不为所动。

“你说是事实，那你证明啊！刚才你不就一直这么说的吗？”鹰司委员拍着桌子大叫。

“好的。”光一点点头。

“瑞树，给他们看。‘红色愤怒’的印记。”

瑞树站起来。

就在不久前，她还在想，如果要做这种事，还不如死了的好。但是现在，她想的是无论如何都要活下去。

瑞树开始脱衣服。

听众们目瞪口呆，交头接耳。

“你在干什么？快住手！”

税所议长惊叫起来，但瑞树并没有停手。

上半身脱光以后，瑞树把左臂朝前伸直，掌心向上，将上臂最内侧靠近肋部的人工皮肤剥下来。

出现的是直径仅有 2 厘米，与以前的皮肤很相似的红色印记。

线条本来就很模糊，经过这么多年，颜色也变得很淡，一眼看去都不知道那是什么。

大人的手包握着孩童小手的图案。

“未来”——瑞树出生的第七自治居住区的环境恢复运动标志。

“就是这个标志。”

瑞树慢慢转动身体，让所有人都能看见。会场里鸦雀无声。

“我一直很小心，不让别人看到。”

“……这，难道是真的？”

鹰司委员呻吟起来。讽刺的是，这是决定性的一击。所有人屏息静气，看着瑞树。可怕的恐怖集团的尖兵。

“诸位，至此可以理解我们面临的局面了吧？”

光一的声音很沉静，也很响亮。没有人再要打断他了。

“接下来，就是看接受他们的要求，还是选择全面战争了……请仔细思考，慎重选择。”

. 5 .

红雨洒落在宛如火星的红色大地上。

瑞树朝穹顶外踏出一步。

远看像是细雨，而透明的塑料雨披上都是零碎的细小雨滴。带着血色的小水珠，画出淡淡的红色轨迹，从眼前的帽檐上滑落。

“我送你过去。”身穿防护服的光一，隔着头盔，含混地说。

“谢谢。”

晚霞般的天空映照着满是红水坑的地面，细细的波纹时隐时现。瑞树小心地走着，避免踩到红褐色的泥泞。

她忽然生出一股冲动，想要回头看看穹顶，但还是忍住了。那里已经和自己没关系了。

“接下来你要怎么办？”光一问。

“总之先回第七自治居住区吧。”

思来想去，也没有别的选择。

“……哦。我去开摩托。”光一转身要走。

“不用。”瑞树摇摇头，“你不可能为我申请到使用许可。而且还会让你更受排挤。”

“没关系。”

“我走着去吧，行李又不重。”

除了身上穿的衣服和鞋子，瑞树只被允许从穹顶带走一个装了随身物品的背包。

两个人默默走了一会儿。

“……关于那个红绒螨，已经没必要隐瞒了。我去问了加布里埃尔。”

加布里埃尔是热海穹顶最聪明的 AI 的昵称。

“他怎么说？”

“我原来的推测有点太简单了。随着红绒螨数量的激增，它们会疯狂吞噬血泥藻的孢子，这也会促进血泥藻发生戏剧性的变化。预计血泥藻体内将会积累对螨虫有毒的成分。”

“……哦。”

血泥藻果然不能靠一种办法根除。

“……不过，红绒螨也将随之进一步进化。红皇后的游戏还会持续下去。”

“然后呢？”

最终到底会发展成什么样子？

“红绒螨不能独立推翻血泥藻的统治，不过它会成为大堤上的一个蚁穴。血泥藻和红绒螨的相克过程，将会使异常简单的动物相和植物相慢慢恢复多样性。随后，其中将会产生新的血泥藻的捕食者。”

瑞树回头看着光一。

“新的捕食者？”

几乎所有物种都灭绝的今天，除了红绒螨，还有什么能成为新的捕食者？

“加布里埃尔预测，如果把覆盖整个地球的血泥藻看成资源，那么就会出现捕食血泥藻的竞争。最终必然会在血泥藻内部诞生出捕食血泥藻的物种。”

是吗……瑞树叹了一口气。如果血泥藻自身分化，占据不同的生态位，那么想要根除它就更加困难了。不过，如果这样能重启竞争，状况终究会有所变化。

“血泥藻的统治时间将会比之前预计的大幅缩短。”

瑞树心中略微升起了一点期待。

“会有多久？”

“短到难以置信……以前预计会持续一千万年，现在认为可能只会持续几千年。”

瑞树笑了。

“这可太好了！”

“嗯。不过我们这辈子是看不到蓝色的地球了。”

“至少有了明确的希望。总有一天，地球会重新恢复以往的样子。”

瑞树的笑容让光一垂下眼睛。

“怎么了？”

“你，怎么办？”

瑞树微微一笑。

“没事的。只是回到以前的地方而已。”

“……可是……”

“我会有工作的。你知道吗，医生这种职业，不管什么时代，都不会失业，只要不嫌弃繁重的工作。”

光一看了瑞树一眼，随后又难过地转开了视线。

“对不起，是我太没用了。”

“没有的事。你的努力让我简直不敢相信。不管怎么说，结局本来从一开始就注定了。是你推翻了我的死刑。”瑞树满怀感激地说，“你不但救了我的人，还救了我的心。”

“心？”

“那场魔女审判开始的时候，我觉得一切都无所谓了。水上町长被杀时的样子，一直印在我的脑海里。我觉得自己的未来完全消失了。与其被驱除出穹顶，在红雨中垂死挣扎，还不如死刑来得轻松……但是，看到你战斗的样子，我又觉得那样不行。我还活着。只要活着，就要战斗。而我真正应该战斗的对象，不是那些无耻的穹顶特权阶级，而是 RAIN。”

透过头盔，瑞树看到光一瞪大了眼睛。

“如果真想找到 RAIN 的治疗方法，就应该投身到最前线去。你让我意识到，从前我所做的一切，不过是为了掩饰自己的内疾，而在假装研究罢了。所以我一定要找到有效的治疗方法，在我死于 RAIN 之前。”

光一停下脚步，像是下定了某种决心似的，紧紧咬住嘴唇。

“怎么了？哦对了，就到这里了。”

瑞树伸出手去，要和光一握手道别，光一却一动不动。

“瑞树，我……”

“好了，不要再说了。”

“不，不是，我是个懦夫。你被赶出穹顶，可我还是要留下来，在里面度过一辈子。怎么想这都不对。”

“光一……”

“我要和你一起走。一起去第七自治居住区。”

“别这样。”

“RAIN 的治疗方法，我们两个人一起研究，肯定能更快出成果。我很聪明的，你知道的吧？”

瑞树向光一伸出手去。

“瑞树？”

“我不能让你这么做。”

“为什么？我们不是一直……”

“将来，如果我真的发现了 RAIN 的治疗方法，要想实施它，也需要穹顶内的协作者。如果你不在穹顶里，我上哪儿找这种人呢？”

“可是……”

光一哭了。

“到那时候，我一定会联系你的。你就耐心等我的好消息吧！”

瑞树强行拉起光一的手。

“再见了。”

她一边转身，一边道别。光一没有回应。

红雨的雨势更大了。带着哗哗的雨声，打在瑞树的头上、肩上、背上。

总有一天，这雨会变透明的。

虽然不知道要过多少代，但我的基因将会一直战斗到那一天来临。

瑞树轻轻抚摸自己的小腹。此刻孕育在子宫里的新生命，一定会继续这场战斗。

她站在山丘上回头去看，只见光一依然伫立在刚才的地方。

在他背后，还有宏伟的热海穹顶，笼罩在血雾中。

瑞树转了一圈，用力挥手，朝故乡走去。

咒文

. 1 .

“金城先生，你去过地球吗？”

塔米摘着山坡上的三叶草，用可爱的声音问。

“去过啊。”

我微微摆手，在眼前展开屏幕。如果让塔米看到，我大概是在空无一物的空间中摸来摸去。不过她正背对着我，不会奇怪。作为好奇心旺盛的少女，要解释到让她信服，实在很艰难。

“那，日本也去过？”

“当然。那是我的专业。”

来了一封 AI 邮件。发件人当然是阮 · 丁 · BM. 刘，内容也不用说，肯定和往常一样，都是一堆关于田野调查进展的抱怨和质问。当着塔米的面，我也不能和幽灵说话，于是弹了弹手指，关掉了屏幕。

“那，日本是个什么样的地方？”

塔米回过头问，眼睛闪闪发亮。

我瞥了她一眼，移开视线。她是个好姑娘，唯独这副面相，实在很难让人习惯。

长脸、鹰钩鼻、厚厚的眼皮下面长着一双橡子眼，简直就是《麦克白》里的魔女形象。更刺眼的是她脸上的皮肤，沉甸甸地垂着。之所以会有长脸的感觉，大概也是这个缘故。远看像是被太阳晒黑的颜色，凑近了看，又像是涂了单宁的鞣革。眼睛周围还用黑色的颜料画了一圈，脸颊和脖子上也画着脸谱般的图案。据说是专给孩子画的驱邪图，但据我所知，古代日本应该没有这样的风俗。除非追溯到绳文时代，那倒可能另当别论。

天照Ⅳ星——俗称“理想乡”的居民，几乎全部是这副可怕的长相。虽然可以通过地球化改造，创造出无需借助机器就能自由呼吸和生活的环境，但为了长期生存、繁衍后代，最便捷的方法还是通过基因工程改造人体。这副特殊的相貌，则是为此付出的代价吧。

这颗行星面临的问题，是来自恒星天照的强烈紫外线、暴露在地表的矿脉散发出的微量放射线，以及危害人畜的几种病虫害。在对天照Ⅳ进行殖民行星化改造时，本来已经彻底扫清了原有的生物，连细菌都消灭殆尽了，移植过来的都是对人类有益无害的生物，但过了几代人，突然又出现了变异的病虫害，这是许多殖民星球上令人头痛的现象。

“日本啊……是个好地方。现在整个日本列岛都被划为自然、文化遗产保护区，群山葱郁，水流清新，几乎真能感觉到八百万神明的存在。”

说完这句话，我意识到自己不小心涉足了一个微妙的话题。因为塔米的神情明显变得阴郁起来。

“神明……地球上也有祸神吗？”

“不，当然没有。神的种类很多，有做好事的神，也有做坏事的神。他们都在地球……都在日本。八百万是个比喻，说明数量很多。”

一只小虫朝我的脸飞来，被不可见的护盾弹开了。它在本地叫作祸蝇，是一种让人讨厌的吸血昆虫。只要想到在天照Ⅳ上裸露皮肤，就让人不寒而栗。

“金城先生，这个给你。”

塔米心情又变好了，笑嘻嘻地朝我走来，手上拿着一个三叶草编成的草环。大概是特意给我做的吧。

“不用叫我金城先生，直接喊名字就行了。”

“真的？那要怎么喊呢？”

“黎明……或者喊我伊西德罗。”

“你有两个名字？好厉害！”

塔米总是这么率真。

“就是石泥这个名字有点怪。”

我差点呛到。

“全名是金城·伊西德罗·GE. 黎明。”

“哎，好帅。GE 也是名字？”

“不，GE 是我的 ID，Galaxy Estate 的缩写。”

“Galaxy……Estate？”

“所属星际企业的名字。”

“星际企业是什么？”

塔米递出草环，我坐到地上。以 11 岁的年纪来说，她的身高有点矮，不过在这个星球上可能是正常的吧。

护盾识别出塔米的手和三叶草草环没有危险，于是没有启动。戴在头上的草环散发出清新的青草气息。

“谢谢……星际企业呀，就是非常非常大的企业——就是公司。你知道企业是什么吗？”

“嗯。理想乡也有。土地改良合作社、理想乡农机具销售公司，等等。”

“嗯，也差不多。”

把星际企业比作个人商店，就像是把蓝鲸比作浮游生物。

“黎明先生，你在那个 GE 公司工作？”

“不是的。”

该怎么解释，解释到什么程度，都需要好好想想。

“很久很久以前，个人归属于一种叫作国家的组织。去其他国家的时候，需要有自己所属国家发行的护照。在遇到紧急情况的时候，也能得到必要的保护。今天，虽然也存在国家和行星政府之类的组织，但他们的力量只能影响一个国家，最多也就是一个星球。要想在整个银河系受到保护，只有星际企业才有这个能力。”

塔米一脸茫然。我以为自己说得够清楚了，结果还是太难了？

“……那，可是，我们属于哪个星际企业呀？”

我低估了这孩子的头脑。尖锐的问题让我难以回答。

“你们现在还没有归属。只要在理想乡生活，就不需要归属。除非将来要去别的星球，那时候再说。”

“是吗——那，等到那时候，和您一样就好了。GE。”

看到天真无邪的塔米，我微微有些心痛。

“那么，黎明先生来理想乡研究什么呢？”

这也是需要小心回答的问题，不过换了话题也让我松了一口气。

“有人委托我研究殖民行星的文化。”

“什么是文化？”

“所有一切。生活的情况，每天做什么，等等等等。”

“唔……”

“对了，塔米，有件事想找你帮忙。”

“什么？”

“能带我参观这个村子吗？”

“好呀！”

塔米显得很高兴。

“想看什么？公民馆已经去过了吧？还有节日广场……要不去深泥沼？”

“我想去看看理想乡神社。”

塔米一下子泄了气，这让她看起来就像个老太婆了。

“神社不好去呢……”

“我不进去，只在外面看看。”

“唔，可是……”

塔米低下头。自己确实挺难为她的，但既然想早点去看看神社，与其和棘手的成年人谈判，还是找她更快。

“这样吧，塔米，你不用去，只要告诉我在哪里就行了。”

就在这时……

大地摇晃起来。是地震！在这里，每天大概会发生两次有感地震，不过这是过往四天里感觉最强烈的一次，估计有三级。

塔米显得很害怕。

“别怕，只是地震，马上就好了。”

塔米好像完全没听到我的话。她紧紧抓着挂在脖子上的护身符，嘴里嘟囔着什么。眼睛不是看着大地，而是望向遥远的天空。

通往神社的道路，被茂密的熊竹和杂草遮了一半，看起来和兽道无异。塔米默默地走在前面，我也不敢说话。

突然，塔米停住了。

“就在那里。”

她用一个别扭的姿势指向前方，视线却落在别处。

树林尽处是个奇怪的物体：两根约有 5 米高的红色柱子，间隔也是 5 米，不是完全垂直于地面，而是略向左右张开的样子，顶端嵌着石块般的东西，两根柱子的底部穿了一根红色的木料。

我一时没有明白那是什么，直到意识过来它是倒立的鸟居时，不禁吃了一惊。

“那是什么？”

“倒鸟居呀！”塔米理所当然地回答说。

这说明她知道真正的鸟居是反过来的？或者说，她只是知道“倒鸟居”这个名字？

“进神社的时候，要跨过它吗？”

鸟居的笠木部分似乎埋在地下，然而要从贯上踏过去，感觉太不敬了。

“嗯……但是，不能随便进去的。”

“为什么这么说？”

“据说那是不净的地方。”

这都是让古代日本文化专家难以置信的话。我来到倒鸟居旁边，往神社里看。树木茂密，几乎什么都看不到，只看到一块竖立的石碑，表面上刻着风化的文字，但即便是视力 12.0 的我，靠肉眼也看不清上面写了什么。

“塔米，你进过神社吗？”

“嗯。”塔米点点头，“村里人聚在一起祈祷的时候。”

“那你看到过神体吗？”

“神体？”

“神像之类的东西。”

塔米一脸茫然。

“如果想看祸神的长相，不用来神社……”

“你们在那儿干什么！”

突然，背后传来严厉的训斥声。回头一看，是个身穿棕色工作服的白须老人，正在严厉地瞪着我。我刚到天照Ⅳ的时候，曾经和他见过一面，好像叫忌部，应该是这个神社的神官。他皮肤比塔米更黑，让人联想起年老的黑猩猩，漆黑的脸上白须飘动的模样，仿佛古代的能面。

“这里不能随便进……塔米，我不是跟你说过，不能一个人来神社吗？”

“对不起。”塔米几乎要哭了。

“别怪塔米，是我非要拉她过来。”

忌部老人用浑浊的黄色眼睛盯着我。

“您是金城先生吧？我们说过会协助您的调查。如果有什么想看的，不妨直说，我们会尽量协助。但是，即使您来自YHWH，也是需要入乡随俗的。总不能随心所欲到处乱闯吧？”

“十分抱歉。”

我郑重道歉。在这个星球上，犯了错误就要立刻承认。日本式的道歉非常重要。

“我的行为非常不礼貌，今后再也不会这么做了。”

忌部老人的怒火稍稍平息了一些。也许是不小心用批评的语气提到了YHWH的名字，他自己也捏了一把冷汗吧。

“哎，我也说得有点过了。不过，今后请务必通知我或者正田。”

“好的。”

我看了一眼塔米，她和刚才地震的时候一样，隔着和服紧紧握住御守，然后又想把御守拿出来。

“塔米！你在干什么？”忌部老人急急叫了一声。

“因为让黎明……金城先生来这里，绝对是祸神干的吧？所以——”

“没错，没错，但是现在不行……不能在客人面前。”

在忌部老人的制止下，塔米不情不愿地松开了手。我之所以知道那是御守，是因为此前见她拿出来过一次。挂在脖子的绳索末端有个小小的雕像，但从周围成人的表情中，我不敢开口询问。后来我看过那时候的录像，遗憾的是，只拍到了雕像的背面，因此几乎什么也不知道。

“那么，金城先生，能否请您开诚布公地告诉我，您来这里究竟是要调查什么？”

忌部老人一边送我们离开（更像是监视我们是不是真的走了），一边问。

“以前我也说过，与外界交流并不十分频繁的殖民星球，会诞生独一无二的文化。我的工作就是在它们消失之前，从文化人类学的角度进行调查，并把它们记录下来。”

我露出外交谈判时的微笑，解释了表面上的理由。

“原来如此。确实如您所说，过去八十年间，这里基本上没有和外部交易。”

忌部老人的脸上满是皲裂，仿佛干透的乳胶，此刻那上面的皱纹更深了。

“不过，我实在不认为你们真会对我们的文化感兴趣。考虑星际航行的成本，把您送到这里，会消耗巨大的费用。”

“如您所知，YHWH 很有钱。”我半开玩笑地说。

“不乱花钱才是有钱吧……啊，我并不是在批评 YHWH。”

“我明白。”

“在你们看来，我们这样的边境殖民星球，本来是无足轻重的。”

忌部老人的语气中充满了愤懑。

“我的爷爷奶奶应征来理想乡殖民，心中怀的是人类在宇宙振翅高飞的自豪。可惜现实并不是这样。不管怎么改造环境，辛苦耕种，这里都不可能变成理想乡。用老话说，我们是弃民。”

“这……我明白这里的生活非常辛苦，不过在移民的时候，应该免费提供了足够几代人自给自足的物资。请不要忘记，这是 YHWH 为了人类的发展而提供的善意。”

我试图安慰忌部老人。

“古代地球确实有过弃民政策。当经济发展和粮食产量跟不上人口增速的时候，就会鼓励移民，减轻人口压力。但今天的情况完全不同。任何一颗星球都不缺粮食。几乎所有政府都在积极推行增加人口的政策。”

我看了看塔米。她慢吞吞地跟在后面，表情阴郁，和来时完全不同。

“即使是理想乡，当年也因为发现了有前途的放射性元素和稀土元素的矿脉，好几家星际企业都派出过调查团。”

忌部叹息着回忆往事。

“那还是我出生前的事。可惜希望最后都落空了。如果储量再多一点，如果这颗星球再离大消费地近一点……理想乡的人，全都这么想。只要能变成那样，理想乡就会实现和今天完全不一样的发展。”

确实，如果发现有价值的地下资源，天照Ⅳ的命运应该会有极大的改变。

巨型星际企业，YHWH、湿婆、珀耳修斯的先锋队将会迅速拥来，为开发做准备。他们会迫使殖民者以荒谬的低价转让矿区的所有权。只要接受星际企业的报价，殖民者就会在不知不觉间沉浸在合成毒品或者酒精当中，心旷神怡地欣赏这个不再属于自己的星球自然被连根拔起、彻底毁灭的模样。

如果不接受，那只会立刻消失。星际企业虽然个性不同，但在冷酷无情这一点上，就像是从同一堆卵块中出生的食人鱼一样。

．2．

和两人道过别，我回到宿舍，展开屏幕。

要先检查一下西装记录的影像和声音。

首先是发生地震的时刻。地面摇晃不已，塔米胆战心惊。她完全没听到我说的话，而只顾着隔着衣服握住脖子上挂的御守，嘴里嘟囔着什么。

我操作屏幕，放大声音。精灵 AI 以塔米的说话习惯和唇舌动作为参考，推测和补充了她说的话。

“祸神，祸神，别再作祟，再敢作祟，砍你的头……”

塔米目不转睛地望着天空，用断断续续的颤抖声音反复念诵这段话。

精灵又分析了塔米的声音、表情、下意识的动作中包含的紧张，检测到四种不同的感情，分别是对超自然存在的畏惧、对安全的渴求、对不公平迫害的愤怒、对报复的渴望。

接着，我调出理想乡神社的石碑影像。

即使放大倍数，分析风化的文字也是极其困难的工作。精灵分析影像，按照可能的雕刻顺序，将候补文字依次嵌入。

“神社、日本神话、祸神……”

我给了几个提示性的词，终于浮现出两个词。

“八十祸津日神”和“大祸津日神”。

在《古事记》中，这两尊神是在伊奘诺尊从黄泉之国返回、进行禊祓之时，由洗落的污秽中诞生的。因此，他们有着很强的灾厄性格，会给人类社会带来灾难。

塔米口中说的“祸神”，果然是指祸津神。

但是，这里还是存在许多难以理解的地方。

我打开邮件，阮·丁·BM.刘的分灵出现在房间中央。他是个身材矮小的学者，坐在椅子上跷着二郎腿，浅黑色的脸上挂着一如既往的悠然笑容。

“金城·伊西德罗·GE.黎明先生，你好。天照Ⅳ的田野调查，进展如何了？”

“今天有收获。本想稍后向你报告。”

我展示了刚刚获得的信息。

“难怪……这是某种典型现象。”

刘的分灵皱起眉头。

“奇妙的是，诸恶根源神信仰，在各种宗教和文化中都会衍生出来。至今为止，已经在基督教、犹太教、伊斯兰教、印度教、琐罗亚斯德教中确认过，现在轮到日本神道教了。”

“但是，我有一个疑问。”

我决定把心里的违和感坦率说出来，期待刘的敏锐头脑能给出一些答案。当然，我交谈的对象不是真正的刘，只是附在邮件中的 AI 而已。

“在日本神话中确实有八十祸津日神和大祸津日神这样的灾厄之神，但是一般并不会马上把它和诸恶根源神信仰联系起来。”

“为什么？如果在原本的信仰中，它们就是带来灾厄的神，那么这不是很自然的想法吗？”

刘的分灵表现出和真人一样的反应。

“古代日本信仰的特征是：即使本来是灾厄神、阻碍神、作祟神，只要厚加供奉，也是可以带来福运的。”

我解释了古代日本的特殊心态：被称为七福神的幸运之神，大多原本是作祟神。还举了菅原道真、平将门等人物的例子，他们都希望通过祭祀这些可怕的恶魔，避免灾厄。

“原来如此，真是有趣。YHWH 之所以把这次的任务委托给金城先生，也因为您是古代日本精神文化的专家，对这些非常熟悉吧？”

刘的分灵摸着下巴沉思起来。虽然我不觉得有必要模仿得如此逼真，但它确实忠实再现了真人的习惯。

“那么，您目前有什么想法呢？”

“在日本的传统精神中，与诸恶根源神信仰最具亲和性的，我认为是‘恃宠而骄’（甘え）。这是在农村型共同体的紧密人际关系中形成的感情，混合了愿望和毫无根据的信任，认为自己的想法一定会被对方理解。”

“这与诸恶根源神信仰有什么关系？”

“在许多宗教中，信徒会把全能的神等同于上帝，把软弱的自己等同于婴孩。它发展到极致，不就是这颗星球上表现出的奇怪信仰吗？当置身在不情愿的状态下时，就会把一切都归咎于神，责怪神，甚至诅咒神、攻击神，但这些当然都不是认真的。他们相信，即便如此，神还是会怀着无限的宽容和忍耐，最终拥抱和谅解一切。”

刘的分灵微微一笑，像是看穿了我的意图。

“金城先生，您的意思是说，天照Ⅳ产生的诸恶根源神信仰是无害的，比方说，和给克尔凯郭尔Ⅲ带来悲剧的信仰本质上不同？”

“我认为不能排除这种可能性。”

“原来如此……不过遗憾的是，仅仅不能排除，还不够啊！”

“您的意思是？”

“YHWH 的总务部已经决定采取预防措施了。”

我就像是被重锤狠狠砸了头一样。

“什么措施？不可能吧……”

“投石。”刘的分灵轻描淡写地说。

“天照Ⅳ有可能会在不久的将来对人类造成严重的危害，所以结论是：不得不用石头驱逐。”

“等等！我刚才说过……”

“你对我抗议也没用。这是 YHWH 本体总务部会议上正式决定的。”刘的分灵摊开双手。

“要中止投石，金城先生您必须证明天照Ⅳ的诸恶根源神信仰没有任何危险。我期待您继续全力以赴完成任务。”

刘的分灵露出和真人完全一样的殷勤假笑，做了一个关机般的动作，随即便消失了。

我茫然呆立了半晌。

怎么可能，突然投石……

这确实是没有后患、同时成本最低的方法。按照星际经济的标准看，天照Ⅳ等同于毫无价值的殖民星球。如果这里诞生的有害信仰会对整个银河系造成恶劣影响，那么尽早消灭当然是上策。

但是，即使如此，我心里还是有些无法割舍的东西。除了经济原则，我们真的没有任何必须遵循的东西吗？

我并不想标榜自己是什么道德主义者。过去我自己也曾做过 YHWH 的先锋，负责过同样的行动。

然而唯有这次，我为什么会有这么强的抵触感？是因为可怜天照Ⅳ的居民吗？还是因为这个贫困破旧的星球，零零散散地继承了我的遥远祖先的文化？

总之，我目前的使命是完成田野调查。

我摇摇头，驱散感伤。

如果最终能挽救天照Ⅳ，我也能赚一笔吧。如果不能，那从一开始就不能。

只要想到自己会惹得调查官阮・丁・BM. 刘不高兴，我就有些畏惧。他的 ID 名“BM”指的是负材管理公司，一个平淡无奇的名字。那是 YHWH 的子公司，虽然没有排进前 1000 位，却负责处理所有环境下的一切负材，是个超大规模的组织。在渺小的个人或者小小的殖民星球政府看来，拥有等同于神的巨大力量。

这家公司处理的“负材”，是与具备正向价值的商品相反的概念。从难以回收利用的废弃物，到病毒和有害生物，乃至对社会产生负面影响的人、敌视星际企业的思想，有时甚至还包括整个殖民星球。

为了这次任务，YHWH 提供的装备中，还包括捕捉昆虫的套件。

说是套件，其实是半机械化的蜘蛛、蜻蜓、蜈蚣等准生物的集合，在各种行星上都能活动。我在其中选择了一种能够编织智慧蛛网的红蜘蛛，任何飞行昆虫都逃脱不了这种蛛网。红蜘蛛本身看起来只是散发着黯淡铜光的蜘蛛，但它的网却具有类似黏菌的运动能力，还有对刺激做出反应的有限智慧，能够用无数黏球剥夺猎物的自由，捕捉能力十分出色。

红蜘蛛发来捉到猎物的信号，我走过去看，只见蛛网正兴奋地剧烈颤动，一只昆虫——祸蝇，在中央挣扎。

除了会吸人类和家畜的血，这家伙还是致死传染病的媒介，是这个星球上的讨厌鬼，不过优点是不会发出嗡嗡声。不管怎样，先用它试试。

祸蝇长着类似采采蝇的长长口器，透过透明的翅膀，可以看到它的背上有着奇怪的线条。虽然有些扭曲，但还是像文字一样，而且是字母。我拍照放大在屏幕上，是这样的图案：

Pestis Pestis

我猜这就像是蝴蝶翅膀上常见的那样，只是看起来像文字，实际上并没有意义，不过谨慎起见还是问了精灵，结果得知“pestis pestis”在古拉丁语中具有黑死病、破坏、诅咒等含义。

而且——精灵补充说，这不是人为画上去的，是基于遗传信息产生的自然纹理。不清楚为什么会形成文字，不过在这种昆虫身上并未发现有害的细菌或病毒。

我困惑不解，但闷头苦想估计也得不出结论，还是决定按照计划，把祸蝇扔进生物改造工具箱，输入“间谍”。

改造只用了一两分钟，从生物改造工具箱里爬出来的祸蝇，复眼之间加入了超小型摄像机，腹部也有了高性能麦克风。它能听从我的指令行动，即使远隔几十千米，也能把清晰的影像和声音发送到我的屏幕上。

我命令间谍蝇飞去村里，搜集情报。

首先出现在屏幕上的是田地的景色。一名农夫正在田里劳作，用洒水壶给刚刚出芽的作物喷洒液肥一样的东西。令人难以置信的是，他没有借助任何机械，完全手工作业。

“啊，早上好，早上好，今天天气真不错啊！”

那个面无表情干着农活的人，突然深深鞠了一躬，那张自出生以来就一直经历着风吹雨打的黝黑脸庞上堆满了皱纹，亲切地打着招呼。似乎是另一个人从田边经过。

现在已经快到中午了，不是说“早上好”的时间。此时天上布满厚厚的云，与太阳光谱相似的天照星显得格外阴沉，没有一丝阳光明媚的样子。

“早上好。您可真有干劲。”

我指挥间谍蝇盘旋半圈，看到了另一个人：长脸、鹰钩鼻、橡子眼、皮肤黝黑，满是皱纹，好似鞣制的皮革。

两个人努力挤出满脸的笑容，像蚂蚱似的互相不断低头鞠躬，进行着几乎毫无意义的对话，唯一的作用只是表示彼此没有敌意——也就是所谓互相吹捧的交谈。

“哎呀哎呀，没有没有。我只是靠着这一小块破烂田地，像蛆虫一样勉强糊口罢了。”

“您太会开玩笑了。您种的蔬菜，大家都赞不绝口呢！”

“哪里哪里。和您田地的丰饶作物相比，我种的东西连饲料都算不上，比垃圾还垃圾。”

“哪有的事，您太谦虚了。”

“请不要这么说，我臊得脸都发烧了。”

两个人的语言拉力赛持续了半晌，田边的那位终于说：“那我就不给您添麻烦了。”随即准备转身离开。

“您说什么呢？有幸看到您，是我的幸运。”

“不不，我才是，我才是。请代我向您家人问好。”

“非常感谢。您也务必代我向您夫人问候。”

“好的，好的。您的美意，我一定向贱内转达。抱歉在您百忙之中打扰了。”

“您太爱说笑了。能和您交谈，是我无上的荣幸。”

两个人开始了令人惊讶的第二轮拉力赛。毫无意义的对话继续下去，等到田边的人终于离开的时候，已经又过了五分钟。

在理想乡，得体的礼仪最受尊崇，但做到这个地步，也未免太夸张了吧。我陷入沉思。继续观察这名农夫可能也不会有更多的收获，我正要指挥间谍蝇飞到别处去，事情发生了。

那是一阵黑风——外表看起来如此。但实际是什么，我不知道。因为在那阵风吹过之后，屏幕上出现了让我怀疑自己眼睛的影像。

农夫精心打理的作物，全都像被热风烤过一样枯萎了。

甚至连田里的培土都开始崩塌，刚才还井然有序的田地，转眼间就变成了一片荒原。

农夫刚才的笑脸烟消云散，简直不像是同一个人。深深的愤怒与绝望从眉间放射出来。本来相貌就很特别，现在看来更像恶鬼，不似人类。

“混蛋，大祸神！八十祸神！你这个作祟神、恶神！”

农夫的声音就像是亡魂在地狱深处的吠叫。

“你干的好事！我恨你！诅咒你！我永远永远仇恨你，恨你到宇宙尽头！”

农夫朝地上吐了一口唾沫，从怀里掏出一个小玩偶般的东西。

“放大。”

我向精灵下令，把间谍蝇送来的影像放大。屏幕聚焦到农夫手上的玩偶。

那是尊神像。从光泽看像是金属材质。农夫正用一个小刀般的东西在神像上刻画什么。

就在这时，农夫的视线笔直望向我。虽然不可能看到我，但我还是吓了一跳。

“祸蝇……”虽然听不到农夫的声音，但从黝黑开裂的嘴唇动作中，可以看出他的发音。

紧接着，祸蝇送来的影像奇怪地扭曲起来，就像是被囚禁在强烈的磁场里一样。

影像变成彩虹色的干涉图案，随即突然消失了。

“怎么回事？”我朝精灵叫道。

“改造的间谍昆虫好像被消灭了。”

精灵的声音毫无感情，但在心理作用下，听起来也像充满困惑。

“消灭？什么情况？谁干的？”

“不知道。所有信号突然中断了。”

“把最后的部分再放一遍。”

屏幕上显示出扭曲前一刻的影像。

我皱起眉头——盯着我的那个农夫眼神很不寻常。不需要精灵分析，就能感受到明确的恶意。但是，他和间谍蝇之间隔着距离，而且也没有看到任何投掷、射击的动作。

难道……我茫然不知所措。不可能吧？这个星球上的人，不会拥有禁忌的念动力吧？

如果那是真的，那就不是诸恶根源神信仰的问题了。

这一点如果报告给 YHWH，投石肯定马上就会执行。到那时候，曾经存在过天照Ⅳ——理想乡的事实，注定也将永远埋葬在黑暗中。

濒临死亡的老村长正田不死男躺在床上。

端坐在旁边的是担任村长的儿子正田不可视和他的妻子正田忧子。理想乡神社的神官忌部岳夫——忌部老人，和其他几位村里的头面人物也都在场。

“我知道这是一个无理的请求，但还是恳请协助调查。”

我透露了部分事实，试图说服他们。

“我不太明白您的意思。”

正田村长抬起头，用饱含怀疑的眼神看着我。他的额头凸起，简直让人怀疑是不是得了脑积水。几缕头发贴在上面，他神经质地不时拨弄着它们。

“说我们拥有能在不用手的情况下移动物体的能力，这到底是从何说起的？如果有这么方便的能力，肯定不会过得这么困苦。农作也好，建筑也好，想怎么做就怎么做，还需要这样艰苦奋斗吗？”

“……您说的没错。”

这一点不得不承认。如果那名农夫真有念动力，给作物施液肥的工作应该会轻松得多。

“另外，您说需要调查我们的信仰，这又是什么意思？”

忌部老人有些不快。

“我也非常理解，对各位而言，信仰是不可替代的。但在YHWH中，确实有一些人怀疑它是一种威胁。现在最重要的是消除那些误解，为了理想乡的未来……”

我慎重地组织词句。不论多想拯救这颗星球，也不能把投石的事情说出来。

“我不明白啊，在理想乡这种边境星球上的小小宗教活动，怎么会威胁到银河系呢？”

正田村长抱起胳膊。通常来说，这样的想法很正常吧？

“没错。以前不管我们怎么问，您都不肯明说来理想乡的理由。现在终于开口了，说的又是些荒诞无稽的话。”

忌部老人愤愤地说。

“常言说，一寸虫也有五分魂，信仰就是我们的魂。哪怕是YHWH，想要践踏我们的灵魂，未免也太失礼了。”

“关于这一点，我深表歉意。”

我按照古代日本的习俗，深深低头鞠躬。

“不过，YHWH的担忧也并非没有道理。各位可曾听说过克尔凯郭尔Ⅲ发生的悲剧？”

村民们面面相觑。这样的反应也很正常。这颗星球的居民付不起超光速通信的费用，而通过常规通信报道事件的无线电波，正在宇宙的远方旅行，还有好几年才能抵达这里。

“克尔凯郭尔Ⅲ也是一颗殖民星球，距离这里20光年。全盛时期拥有10万人口，盛产铀、钨、铑、钯等，在殖民星球的评级中，实现了C7的高水准生活。”

众人的脸上浮现出羡慕的神色。按照同样的评价标准，天照Ⅳ只有E6。

“但是，后来克尔凯郭尔Ⅲ变成了一颗死亡星球。10万殖民者全部死绝，现在的人口只有为了开采天然资源而新殖民的130人。”

“发生了什么？”正田村长问。

“现在还不清楚，估计只能是居民的集体自杀。而且在几十个社群依次发生。”

众人交头接耳。

“这，和我们到底又有什么关系？”正田村长问。

“事件发生的几年前，有一种奇怪的信仰在克尔凯郭尔Ⅲ急速扩散。人们认为，那是所谓诸恶根源神信仰的一种。”

沉重的沉默降临了。最终开口的依旧是正田村长。

“那是什么样的信仰？”

“一句话很难说清。那是从现有宗教中分离出来的若干变体，共同特征是不崇敬神，一味咒骂神。与其说是宗教，其实可能更应该说是反宗教。”

静寂再度来袭。

“我们的信仰，也是那一类？”忌部老人带着痰音问。

“当然不能如此断言。”

“星际企业不是对宗教不关心吗？不是有很多殖民星球上都在搞恶魔崇拜吗？为什么偏偏……只认为那个宗教危险？”

我舔舔嘴唇。

“在出现诸恶根源神信仰的殖民星球上，可以说必然会发生怪异的事件，比如集体性的精神错乱、重大事故，等等。其中，发生在克尔凯郭尔Ⅲ的集体自杀……”

就在这时，躺在床上一言不发的村长正田不死男终于开口了。他用夹杂着喘息的颤抖声音说：“那不是自杀。是祸神的……作祟！”

. 3 .

为了决定如何对待我的申请，村里的头面人物继续开会，而我暂时退场。

我想过要不要用新的虫子窃听会议，不过脑海里一直记着间谍蝇消失的事。直到现在我还怀疑是那名农夫干的。这颗星球，这个理想乡的居民，总有些神秘莫测的地方。一旦败露就会丧失信任的行为，还是别做为好。

而且与其窃听他们的无聊会议，还不如趁现在这个没人监视的绝好机会去村里转转。

一眼看上去，这是一片宁静的田园风景。在古代地球的日本，恐怕也有类似的景色。

但是，在那一层薄薄的表皮背后，也有着明显的群体妄想乃至精神疾病的迹象。

我向村子深处走去。以前没有机会往里面走。总觉得有人躲在哪里监视我。不过对于要不要阻止我，他们似乎摇摆不定。

在村中心的三岔路旁，矗立着一座巨大的天然石碑，上面缠着注连绳。如果是古代日本的信仰，上面应该雕刻“道祖神”之类的文字，作为村庄的守护神，受到隆重的祭祀，这里却和神社一样，无法分辨文字。

不过，一目了然的是，这不是自然风化的。

周围散布着许多石头碎片，石碑表面像是射击用的靶子一样坑坑洼洼，就像是在漫长的时间里，无数人反复撞击出来的一样。石碑是用花岗岩之类的坚硬岩石制成的，要把它的表面撞成这副模样，可以想象其中蕴含了极其强烈的愤怒和厌恶。

继续往村子深处走，我又遇到了六尊石像。

六地藏！我立刻明白了。这是古代日本的宗教仪式，将佛教神明之一的地藏菩萨排成六尊，表示六道轮回。

但是，地藏菩萨在这里受到的待遇，在古代日本是无法想象的。

我唤出精灵，确认考古学的知识。

“石头地藏是不是也有病痛替身的含义？这些石像会不会也是它的变体？”

精灵当即回答：“确实有无头地藏、无颚地藏、无足地藏之类的例子，但即使是有所缺损的地藏，通常也会戴上帽子或围兜，精心供奉。在古代日本的信仰和习俗中，绝对没有这样对待这些石像的做法。”

对六尊石像——地藏——的攻击，比对石碑的攻击更阴险。

浑身上下体无完肤，无数的伤痕和小洞像是被凿子或锥子一样的尖锐物体凿戳出来的。

其中最让人看不下去的，是钉入头顶和眼球的粗大钉子，还有层层叠叠缠在脖子和身上，死死勒进石像裂痕的带刺铁丝网。

毫无疑问，这正是诸恶根源神信仰的表现吧！而且这种东西就放在人眼可及的地方，说明必然已经发展到相当严重的程度了。

“从这六尊石像的整体形象看来，应该是地藏菩萨。不过，本来应该面无表情或面带微笑的神像，表情都扭曲成了相当丑陋的样子。”

听到精灵的话，我望向六尊地藏石像的脸。雕刻可谓十分真实，每一尊都带着诡异的神色。

像洋梨一样上窄下宽的脸；和猪一样细长阴险的眼睛；能看到鼻孔的巨大狮子鼻；形成鲜明对比的小耳朵；下垂的嘴唇上，浮现着明显充满恶意的、又像是淫荡的笑容。

我陷入沉思。理想乡的居民中，没有人长成这样。这副妖异的形象，究竟从何而来？

“精灵。你能从这张脸上读到什么？”

“显而易见的是，某人——对这些石像所代表的存在，怀有强烈的敌意。此外，从脸部的构造和表情上，能看到模仿古代家猪的特征。猪常常是某种精神腐败的象征，比如基督教七大罪中的贪欲或贪吃，佛教三毒之一的贪毒。”

理想乡应该没有引入猪这种家畜。如果理想乡的居民对贪欲这种东西感到强烈的愤怒，那对象是什么呢？如同封建领主一样从辛苦劳作的民众手中抢夺收获的人……我打了一个寒战。难道，所有这些都是对星际企业的反感表现？

“有没有本来就长了这副模样的神？”

“人类历史上有过一些与这些石像类似的神像。”

精灵举出的例子，比如20世纪女性雕刻家塑造的怪神比利肯，还有《西游记》中猪妖时期的猪八戒。

但是，看到屏幕上显示的图像，我还是没有任何联想。

沉思了片刻，我发现有位少女站在不远的地方。

是塔米。那副老婆婆般的脸庞上，闪闪发光的眼睛显得格格不入，此刻正浮现着困惑的神色。

“塔米，怎么了？”

“黎明先生……您在这里干什么？”

“我想看看村子。”

“可是，客人不能来这里呀！”

“为什么？有什么不能让外人看的东西吗？比如这些石像……”

我并不想问得这么刻薄，但塔米低下了头。

“这是祸神的像吗？”

我换了个问题。塔米点点头。

“能不能告诉我，这些石像为什么受到这么大的伤害？”

“这……因为是祸神呀，这不是很正常吗？”

塔米不明白我为什么这么问。

“唔，因为是祸神——对恶神，报复当然很合理，是吧？”

“不光是报复，也是警告，不要再对我们下恶咒了。”

塔米把手伸进和服的领口，拉出一个挂在脖子上的小小御守。

“这个也是。”

塔米微微张开握紧的手指，躺在手掌上的是一尊小小的金色雕像。我立刻看出它和六尊地藏菩萨一模一样。

上窄下宽的脸，猪一样的眼睛，狮子鼻和小耳朵，扭曲下垂的嘴唇……

相似之处还不止这些。金色的雕像上遍体鳞伤，那不可能是不小心造成的伤。尖锐的刀刃在镀层上执着刻下的痕迹，化作无数闪着银光的条纹。

“这是塔米做的？”

“嗯。因为只要有一点坏事，哪怕再小，也必须像这样惩罚祸神。”

挂着金色雕像的绳子上，还垂着一把迷你折刀，那和古代日本的“肥后守”小刀很相似。塔米拉出刀刃，比画了一下怎么在祸神上刻线。

“就这样，一边唱歌，一边惩罚。祸神，祸神，别再作祟。再敢作祟，砍你的头。”

天真烂漫的声音，朴素无华的唱腔，吐出的却是对神的诅咒。

“明白了，可以了。”

我拦住塔米——对异常的行为习以为常，这让我感到心痛。孩子只不过是按照大人教的方式行动罢了。

“……黎明先生，我们做的事情，很奇怪吗？”

塔米似乎敏感地读懂了我的表情，一脸担心地问。

我不知该怎么回答。通常而言，当场否认当地人的信仰是禁忌。但是，看到她的严肃表情，不知怎地，我觉得不应该撒谎。

“一般来说，神是要虔诚供奉的。不信神也没关系。但如果相信神、皈依神，那无论什么时候，都应当敬神。就算遇到什么不顺心的事，也不应该诅咒命运、诅咒神灵，像那样破坏神像、亵渎神像。”

塔米摇摇头：“可是，那是神慈爱人类的时候吧？”

“神总是慈爱人类的。只是，人生总会有好的时候和坏的时候。把所有的坏事都归咎于神……”

“可是，从来没有什么好的时候呀！”

塔米的声音里流露出一种深沉的厌倦，完全不像孩子。

“我们的曾曾祖父，来到理想乡以后，就没有过任何好事，一直都在受祸神折磨！家畜死掉，粮食枯死，好多人生病……神真的太可恨了！”

“但是……”

“没骗你。一开始大家都说要供奉神、祭祀神，可是这颗星球上的是祸神。他的心根本是扭曲的，越让我们受苦，他越高兴。所以我们也决定这样警告祸神。”

“可是，越是这样做，只会越让神发怒吧？”

“不是的，不会那样。真的很有效！”

“什么意思？”

“大家都这样警告祸神。发生坏事、可怕事件的时候，一定会像这样报复，结果祸神的作恶就真的变少了。”

我只能沉默。整个殖民星球被一个妄想控制的例子，过去也有过。艰苦的劳动和毫无希望的未来，常常让人逃避现实。当现实充满无法应对的绝望时，不管是谁，都只能逃进妄想的世界，保护自我吧。

理想乡的人曾经在妄想的驱使下做出诅咒作为对神的抗议，而由于偶然的恶作剧，不幸平息了。也许是地震、暴风之类的异常气候宣告结束，也许是人畜的传染病平息下来。大概就是这类情况。

理想乡的人苦于无力感的折磨，只能依赖于妄想中的成功体验。对神的反击和威胁，也许可以改善事态。因为面对绝望的现实，只有这种妄想，才是他们唯一的救赎。

但是，诸恶根源神信仰，最终注定会导致人的毁灭。诅咒神的行为，就和向天吐唾沫一模一样。神是人类精神中最崇高部分的象征，攻击神的愚蠢行为，等同于砍断自己正在坐的树枝。事实上，被诸恶根源神信仰侵袭的殖民星球，不是一个接一个地毁灭了吗？

“……黎明先生果然还是不明白。”塔米闷闷不乐地说。

“为什么这么说？”我温柔地反问。

“因为你们有别的神好好保护着呢！”

“神？我们并没有……”

“黎明先生，您说过的，整个银河系，不管去哪里，星际企业都会保护个人。那不就是像神一样吗？”

我再一次哑口无言。这孩子虽然生在边境的星球，也没有受过良好的教育，但她的理解力令人畏惧。

“是啊……确实，星际企业，大概可以说是现代的神。”

仅仅 120 家左右的巨型星际企业，通过经济力（以及由此得以购买的军事力和政治力）控制银河，垄断了 98% 的人类财富。这是显而易见的事实。其中又有占据绝对优势的前七家企业，号称七头龙，据说仅仅他们就拥有 72% 的财富。

从未让出过七头龙首位的 YHWH，起源于整合的犹太系资本。但以目前的情况而言，巨大的 YHWH 也不能高枕无忧。不仅后面的湿婆（印度系）、青（中国系）、沃尔特斯（美国 IT 产业系）、珀耳修斯共同体（德系）、阿斯拉（伊朗系）、威立雅（法系）等超巨型星际企业紧追不放，8 位以后的 Nintendo（日系）、艾斯特雷斯（巴西系）、哈尼尔（韩系）、帕加马（土耳其系）也在虎视眈眈，想要挤进前列。

“星际企业一定认为，我们这种住在小小殖民星球上的人，根本无关紧要吧？”

“不，不是的……”

对这个孩子，口头的欺骗行不通。但是，我也不能轻易说出真相。

忌部老人说，殖民者是弃民，这说法并不正确。对于控制银河系的星际企业来说，殖民制度是经济扩张不可或缺的系统。

人类是自主劳动、自主繁殖的经济发展设备，比任何自动化机械都要优异。只要对新的行星进行地球化改造，再通过最低限度的投资，诸如调整殖民者的遗传基因、运输费、殖民工具包等，把人类送过去，就会以相当高的概率——成品率——诞生新的殖民星球。如果取得巨大成功，就能得到具有购买力的新消费区。即使不行，也能产出农产品或矿产品。

这就像植物散播种子一样——大部分死后归于泥土，只要有一点点活下来就行。实际上，近半数的殖民地，最终都是弃子，在居民死绝后化为废墟。但即使是那样的情况，星际企业也不会遭受损失。因为亏损可以节税（神一样的星际企业都会按时纳税），而且如果地球化的效果能让地球带来的植物繁茂生长，形成新的生态系统，将来还可以再次尝试殖民，从而带来某些利益。

“可是，为什么？为什么普普通通的公司，会变成神？”

塔米这个简单的问题，让我非常震惊。许多有心人都抱着同样的疑问，思考该如何改变现状。但是，发展到这一步，已经无力回天了。

“为什么呢……”

我深深地叹了一口气。这是平时绝对不能说出口的话题。不过，在这颗边境星球上，YHWH 应该不会知道吧？我与其说是讲给眼前的少女，不如说是讲给自己听。

“可能在很久很久以前，人们就隐约知道会变成这样。在企业无限膨胀，开始控制经济和政治的时候，企业会没有道德，没有同情心，习惯于把人类当成一次性的消耗品。然而谁也阻止不了。”

“那，星际企业也是像祸神一样啊……”

塔米皱起眉头，喃喃自语。

“不是的。星际企业并没有恶意。”

“是吗？”

“星际企业只顾追求利润的最大化，考虑的只有扩张。从这一点上说，就像是宇宙规模的阿米巴原虫……不过，这种星际企业的欲望，与人类的利益未必一致。但如果企业的管理方——人类的力量超过它们的力量，那也不会带来任何问题。然而星际企业太庞大了，靠一颗星球或者星系的法律很难束缚，而且到了席卷银河系的程度，更是谁都控制不了。”

“怎么会这样？明明只是个企业。”

“想想家里的宠物吧，猫啊，狗啊，小鸡什么的。以现在的体型来说，它们当然会听主人的话，但如果它们突然长大了一千倍，那主人不但管理不了，而且还要四处逃窜，避免被它们吃掉，对吧？但这并不是说它们怀有恶意。”

塔米陷入沉思。她像是在奋力咀嚼刚刚获得的知识。

“……可是，就算是星际企业，也要靠人类运营吧？这样的话——”

我摇摇头：“已经不是了。没有人控制星际企业。CEO、社长之类的首脑，只不过是随时可以更换的脑细胞之一而已……虽然他们手中的财富和权力远远超越古代的绝对君主。”

“不是人类，那是什么呢？”塔米显得无法理解。

“在星际企业中负责决策的，是数以万亿计的电子大脑网络。”

“您是说，机器在控制人类？”

“严格来说，是网络中无处不在的人工意识。”

说着说着，我几乎忘记了对方是个年幼的少女。

“人类曾经发起过排斥机器的运动，因为害怕电子大脑和机器人的迅猛发展导致人类受奴役。但他们错了。机器不会因为受奴役而愤怒，也没有取代人类的野心。问题发生在机器获得‘外壳’的时候。就像在生物的历史上，裸露状态的DNA获得外壳，便一下子攀上了进化的阶梯。”

“外壳是什么？”

“企业的外壳叫作法人，也就是能够开展商业行为、作为虚拟人格行动的身份。机器有了这层外壳，便可以在人类社会中自由贯彻自己的意志。企业是通过积累经济利润不断成长的存在，再加上人工意识的融合，便诞生出永生不死、不停成长的怪物。”

人工意识常常能为企业间的竞争提供最佳解决方案。不管多么头脑清晰、冷酷无情的人类，都敌不过机器。结果就是，在星际企业的竞争中，将决策完全交给人工意识的一方，会成为最终的胜利者。

“我不是很明白……”可能讲得太难了，塔米一脸茫然，“还是机器下的命令吗？比方说，让黎明先生您来这里？”

“嗯。YHWH的前身是美国的犹太系资本，但现在已经不再受犹太人控制了。董事会只是追认机器决策的橡皮印章。第二位的湿婆，是最为神秘的星际企业，一般认为是印度系，但据说在他们的总部，不要说印度人，连一个人类都没有了。任何一家星际企业都通过MBO排除了股东，而作为最高决策机构的控股公司，则是掌握着两到三家的股票……再强调一遍，机器并没有想要自己掌握霸权的意思。它们思考的只是如何最大化星际企业的利润。如果据此判断不需要人类董事，那么就会毫不留情地抛弃他们。现在，能对机器的决定提出异议的人，已经一个都没有了。”

“怎么会这样……”

塔米目瞪口呆。大概她做梦也想不到外面的世界会是这样的状况。

“也就是说，运营星际企业的机器，控制了所有的一切？我们的曾曾祖父来到理想乡，也是这样？”

“嗯。”

“还有我们……长成这副样子？”

塔米伤心地垂下眼睛。我吃了一惊。没想到她会这么在意自己特殊的容貌。

“不管哪颗殖民星球，都需要调整遗传基因，适应当地的风土。理想乡人的长相，绝对不丑，只是最适合这颗星球的形态而已。”

“不是的。”塔米无力地说。

“塔米，如果将来你去别的星球，完全可以改变自己的相貌。”

当然，前提是能支付相应的费用。

“是啊，现在可以随便修改自己的长相吧。可是，那不是我的长相。”

“不是的。可以把基因操作的影响完全消除，恢复你真正的相貌。”

“真的？”塔米终于抬起了头。

“当然……对了，我给你看看那会是什么样的相貌。”

我命令精灵展开屏幕——从塔米的方向什么都看不见，只会看到我在空中挥手。

为什么会为当地的一名少女做这种事？我自己也不明白。但是，无论如何我都想这么做。

“精灵，把基因操作的影响从塔米的相貌中去除，让我看看她原本的样子。”

“好的。”

屏幕上显示出当前塔米的脸，还加上了十几根线条和说明。

“为了适应天照Ⅳ的气候风土所做的基因调整，主要涉及呼吸系统和皮肤。因此，如果消除影响外观的部分，考虑脸部的骨骼和肌肉上覆盖标准厚度的皮肤和皮下组织，那么应该会变成这样的容貌。”

看到屏幕上的容貌，我张大了嘴。

“黎明先生？”塔米担心地问。

“啊……你来看看，这是你真正的相貌。”

我把屏幕转向塔米。她倒吸了一口气。

“这是……我？真的？不可能。”

屏幕上的容貌，仅仅一眼，便烙在我的心里。

闪着聪慧光芒的大眼睛，小小的鼻子，蔷薇色的脸颊，薄薄的嘴唇上露着浅浅的笑容。

那是足以迷住所有人的可爱少女容貌。

. 4 .

回到正田村长家的时候，村民似乎已经通报了我在村里四下窥探的事情，迎接我的是全员的苦脸。不过，村中头面人物的会议结论，当然是遵循 YHWH 的意愿。

“我们讨论了金城先生的申请，结论是：关于针对我们信仰的调查，原则上愿意提供协助……不过您好像已经做了不少调查。”正田村长最后的话里带着讥讽。

“十分抱歉，我不想浪费时间，所以稍微在村里看了看。”

“事到如今，就算提醒您注意礼节，大概也没用吧？”忌部老人愤愤地抱怨说。

“不过，看都看到了，现在也没办法了。我们的信仰可能确实与众不同，而且确实和您所说的诸恶根源神信仰很相似……但是，它不可能对其他殖民星球产生负面影响。唯有这一点，无论如何希望消除误解。”

“毋庸讳言，我们不打算隐瞒任何东西。我们举行的祭祀和典礼，基本上都包含着对祸神的抗议行动……我想塔米已经告诉您了。”正田村长补充说。

“嗯，我听说了。不过请千万不要为此责怪塔米。”我担忧地说。

我意识到，不知不觉间，相比于这颗星球所有居民的命运，我反而更关心塔米。

“不必担心。”正田村长简短地回应道。

“其实我本想在这里向金城先生您详细解释祸神的情况，不过刚刚收到消息说，祸神又在作祟了。正所谓百闻不如一见，您是否愿意和我们一起去看看实际情况？”

“求之不得。”

我跟随他们去了玉米地。平缓的山丘之间有一块平地，放眼望去，都是高高的作物，大约几公顷的规模。

“这是我们的主食。放在其他星球上只能作家畜的饲料。”

正田村长解释说。马齿黄这个品种虽然谈不上美味，但在贫瘠的土地上也能生长，而且产量高，抗病虫害的能力也强。

“……但是，今年的产量已经绝望了。这几年，我们田地的收成一直低于消费量。我们动用了以前的储备，总算能维持下来，但眼看就要到极限了。”

“请等一下。为什么说产量很绝望？明明长得这么好。”

我仔细观察玉米田，然后在正田村长回答前，发现了奇怪之处。

“那是什么？”

那是一副可怕的景象。有什么东西在玉米苞里蠕动。

“是祸虫。只要发现一只，整个田里就全都有了。这东西一出现，什么药都没用，而且一年比一年厉害。这块地大概只能全烧掉了。”

我指挥精灵用不可见的手和探针，摘取了一根玉米，剥开苞叶。

在正田村长他们看来，这就像是念动力或者透明人干的，他们一脸惊讶地看着我。

在里面爬来爬去的，是一种从未见过的奇怪虫子，就像是玉米粒长了六条腿一样。仔细看去，真正的玉米只剩下中间的棒子，看上去的黄色颗粒全都是这种祸虫。

“没试过生物农药吗？”

我一边感到自己起了鸡皮疙瘩，一边问了个愚蠢的问题。

“农用套件里应该有几十种捕食性的或者寄生性的昆虫冷冻卵，食性也能自由控制，说不定能对付这个……祸虫吧。”

“您以为我们没试过吗？一开始就试了。但是只有第一年有效，第二年开始，这东西就变异了。”

正田村长从脚下捡了一根树枝，插上飘在空中的玉米——祸虫。

祸虫刹那间显出令人震惊的反应。几十只个体像被磁铁吸引一样聚集在一起，连成一条直线，最终形成一只黄色的蜈蚣，每个体节都有六条腿在蠕动。它们缠绕在玉米棒上，身体前部的三分之一向上抬起，做出威胁的模样。充当头部的个体没有了腿，取而代之的是三对尖利的牙。

“不管遇到什么样的天敌，这些东西都会立刻变成这副样子，反过来吃掉它们。”

这怎么可能？我无比惊讶。这样的昆虫，至少不可能来自地球。但是，在其他星球上发现的生物中，应该也没有具备同样习性的。谨慎起见，我也向精灵确认过，确实没有任何相关信息。

正在查看玉米田的十几个村民中，有一个跑回来，气喘吁吁地向正田村长报告。

“没救了。玉米全完了。一根都不剩，全被祸虫吃了。”

“哦，知道了。”正田村长一脸沉痛地点点头。

“本来还指望稍微有点收获……很遗憾，这块田只能烧了。你们到村里去，一起把燃油运过来。”

“好的。”

村民——一个刚刚十多岁的年轻人点点头，一副快要哭出来的样子，跑开了。

“现在您明白了吧？”正田村长转过身对我说，“这就是祸神干的。正因为这种顽固的作祟，我们始终挣扎在生死存亡的边缘。”

“可是，这一切是怎么和神……和某种超自然的恶意联系起来的？”

“不然的话，这到底是什么？这样的生物，其他哪个星球上还有？理想乡做过彻底消毒，带来的地球生物也都是经过慎重考虑的。如果不是祸神作祟，这样的害虫到底是从哪里来的？怎么来的？”

我沉默了。即使依靠精灵的帮助，我也拿不出任何一个像样的解释。我只能强行扯下一只化作蜈蚣状的祸虫（它们已经像一只动物一样黏合在一起了，扯开之后喷出黏稠的绿色体液），在屏幕上放大它的表皮。

黄色的外骨骼上，隐约有着网状的花纹。仔细观察每一根线条，发现都像是黑点的集合。再放大看才发现，那些本以为是黑点的，都是这样的文字：

pestis pestis pestis pestis pestis pestis

pestis pestis pestis pestis……

“祸神的阴影，从殖民刚开始的时候，就笼罩在这颗星球上。”

回到村里，正田村长便滔滔不绝地说起来。

“不管做什么，都会遇到非比寻常的厄运。干旱、暴风、地震……辛辛苦苦开垦的耕地，一夜之间化作沙漠，农作物也变得有毒。家畜全都死于不明原因的瘟疫，村民中间也出现了奇怪的疾病，不但抗生素无效，连病原体都找不到。”

坐成一圈的头面人物，全都脸色阴沉，低头不语。

“……慢慢地，人人制作祟神的雕像、在耕种的间隙惩罚他的习惯，逐渐发展成整个村子的仪式。”

“请等一下。”我皱着眉头打断他。

“说起来，诅咒神明的习惯，一开始是在什么情况下产生的？”

“没有什么情况。自然产生的，或者说一开始就有。”

忌部老人的态度完全不像神官。

“什么意思？”

“您知道生活在殖民星球上是什么滋味吗？日复一日的艰苦劳作让我们身心俱疲，也没有任何对未来的期待。哪怕殖民地能发展起来，最快也要三四代人以后才能看到那样的效果。自己只能在这颗死气沉沉的、远离地球的星球上腐烂……甚至就连一切相对比较顺利的时候也是这样。如果再加上反复的不幸——不，不管怎么看，那都是某种恶意带来的灾难——您觉得我们会是什么心情？”

忌部老人的声音阴森森的，好像代表了大厅里所有村民的心情。

“在每个人都要被愤怒和绝望压垮的时候，该去哪里寻找出口？就算是死，我们也必须维持彼此之间的关怀。如果村里的人互相仇视，那才是真的完蛋了。”

几个人用力点头。

“……可是，痛苦的时候，没有想过向神祈祷吗？”

“如果那个神是真正的神，我们当然会。我的祖父也是神官，曾经基于信仰，煞费苦心把全村团结在一起，复活古老的祭祀仪式，虔诚地供奉神明。然而一切都是白费。竭尽全力建起气派的神社，奉上供品，神也没有回应。因为那是祸神。祸神只对恶意有反应。明白这一点以后，祖父便不再念诵祝词，而开始诅咒神。结果，虽然只是暂时的，但祸神的诅咒真的停了。现在我们也必须这样做，防止祸神做出更邪恶的事情。”

忌部老人缓缓站起身。正田村长等人紧随其后。

“你们要做什么？”我也一边起身，一边问。

“接下来，我们要去理想乡神社，奉上诅咒。”忌部老人决然地说。

“诅咒也有各自的种类和等级。抗议的诅咒，警告的诅咒，还有报复的诅咒。接下来要奉上的，是报复的诅咒。我们将对祸神进行坚决的报复。我们已经没有退路了。有些诅咒，只要坚决执行，连鬼神都要退避。为了活下去，我们只能带着你死我活的气魄，逼退祸神！”

在场的十几个人，一齐叫喊起来。障子门咯吱作响，挂轴无风自动。村长的房间明明没有一丝缝隙能让风吹进来……

在理想乡神社内举行的“报复诅咒”，足足持续了六个小时。

大概所有身体还能动的村民都集中在这里了。两百多人陆陆续续跨过倒鸟居，与忌部老人奉上的诅咒唱和。终于等到唱完，我以为仪式结束的时候，他们又从神社深处拖出神体，用石头砸它、用棍棒鞭子抽打它，最后还朝它吐口水、撒尿，用尽一切办法侮辱它。

本应该是神圣之地的神社，充满了喧闹和恶臭，化作憎恨与疯狂的坩埚。

这到底是什么？我茫然望着这一切。

天照Ⅳ——理想乡的群体疯狂，呈现出无比滑稽、极度丑恶的面貌。

被剥夺了希望的人们，没有宣泄愤怒的出口——因为他们知道，如果将愤怒朝向全知全能的星际企业，自己立刻就会被消灭，于是便将它喷向祸神这一虚构的存在。那本就是为了宣泄沸腾的愤怒而创造出来的。这是一场痛苦的祭祀，等同于压力超过极限的猴子揪下自己毛发的行为，是群体性的自毁，就像剖开自己的肚子，掏出血淋淋的内脏来庆祝一样。

我突然感到强烈的恶心，耳朵嗡嗡作响，平衡感仿佛都出了问题，脚下踉跄不定。

“精灵，我很不舒服……到底发生了什么？”

平时只要我一提问便会立刻回答的精灵，过了片刻才开口。

“不清楚。没有检测到任何对健康有害的电磁波、放射线、化学物质、病原体。也许是恶臭和噪声导致的心理作用。”

不可能。我摇了摇头。对于自己的精神和肉体反应，我非常了解。这点事情不可能引发这样的症状。

那么，现在压在我身上的，到底是什么？

我望着众人的疯狂模样，揉了揉眼睛。也许是因为头痛，神社里的空气仿佛在暴晒的阳光下一般摇曳不定。不，那更像是空间本身在扭曲……

突然，神社里的石灯笼碎了。没有人碰它，也没有石头砸到它。接着，稍远处的松树从根部开始裂成了两半。

这是？我不敢相信自己的眼睛，不禁退了一步。

我想起农夫瞪了一眼，间谍蝇便消失了的影像。

过了半晌，突发性的身体不适缓解了，但我心里已经有了定论。这里举行的并非单纯的仪式，而显然是在运用某种物理性的力量。

理想乡的居民，拥有念动力。虽然他们似乎并没有清晰意识到这一点，也不能有意识地使用它，却可以通过强烈的感情——恐怕就是愤怒——触发它，无意识地攻击憎恨的对象……唯有这个解释，才能说明这里发生的现象。而且这样想来，其他几件事情也能说得通了，比如他们为什么如此小心地维护人际关系。

仪式全部结束的时候，参加仪式的所有村民都陷入虚脱状态。

“这种事情……有意义吗？”

我问忌部老人。坐在石板路上的忌部老人缓缓抬起头。他的皮肤灰扑扑的，眼睛下面有黑色的眼袋。

“意义？”

他闭上眼睛，像是在思考问题的含义。

“我们在这颗星球上生活，这件事有意义吗？”

我默默地等他继续说。

“……唔，至少这样应该能中止祸神作恶。”

“你们以前也是用这种办法，把对神的毁灭思绪发送出去？”

“是啊。不过我们也没有奉上过几回报复的诅咒。通常都是用警告的诅咒平息愤怒。”

在我的脑海中，产生了一个离奇的假说——没来这里之前，我自己大概都不可能相信这个假说。但目睹了这颗星球上发生的一切之后，我开始怀疑它会不会就是真相。

祸神会不会是这颗星球上的居民在无意识中创造出来的？他们的愤怒、绝望，以及对毁灭的渴望，通过不自觉的念动力，造成了一次又一次的不幸……

诸恶根源神信仰在银河各处造成的悲剧，也许全都是基于同样的机制。

我望向狂乱盛宴所遗留下的惨状。村民怀着憎恨破坏的石像滚落在地上，只剩下猪一样的细长眼睛和浮现着恶意嘲笑的嘴角。

另一个疑问闪过脑海。

“祸神为什么长了这么奇怪的相貌？”

忌部老人微微一笑。

“为什么长成这样，我也不知道……不，抱歉。我知道您想问什么。我们为什么知道祸神长了这样一张脸，对吧？答案很简单。因为我们见过。”

“见过？”

“一开始，祸神像好像是没有脸的。然后某一天，我的祖父在奉上诅咒的过程中，那张脸突然出现了。据说，村民各自进行诅咒的时候，也会看到完全相同的脸。”

那张脸，似乎是深深刻在理想乡居民的潜意识里的图像。虽然我完全想不出它从何而来。

回到宿舍检查邮箱，发现又来了一封邮件。

打开邮件，果然又出现了阮·丁·BM.刘的分灵。

“金城·伊西德罗·GE.黎明先生，您好。田野调查有进展吗？”

我说了几件至今为止了解到的情况。不过，关于理想乡居民可能具有念动力的推测，我暂时没有提。

“原来如此，天照Ⅳ的诸恶根源神信仰，是为了在艰难的现实中保持精神平衡，而诞生的一种稳定装置？”刘的分灵笑嘻嘻地说。

“嗯。目前还没有发现危险的征兆。我想继续调查，希望您能向 YHWH 及负材管理公司转达……”

“是吗，我当然不是不愿意转达，不过还是有一个令人遗憾的消息要告诉你。”

我吓了一跳。在这种情况下，所谓的坏消息，只有一个。

“什么消息？”

我嘶哑的声音在耳中不详地回荡。

“确定要实施投石了。已经选好了合适的石头，正在加速。”

“这……”

虽然有所预测，但还是像头上被狠狠敲了一棍。

“为什么？目前还没有任何证据表明，理想乡的诸恶根源神信仰有危险。不等我提出报告就急着投石，难道有什么缘故？”

“深层原因我也不清楚。不过这是 YHWH 本部的最终决定。金城先生，您对此有什么异议吗？”

我打了个寒战。

“不，我完全没有异议。不过，这项任务耗费了诸多经费，只是觉得浪费了很可惜。”

“关于这一点，请不必在意。投石打击的完成还有半年时间。在此期间，请继续完善您的调查。天照Ⅳ的案例，对于今后也将具有非常大的参考价值。”

“我明白了。”

刘的分灵浮现出令人作呕的微笑，消失不见了。

案例。今后的参考……在分灵以及阮・丁・BM. 刘心中，理想乡似乎已经等同于不存在了。

被机器选为代理人的人类，在冷酷方面丝毫不逊于机器。对于在这颗星球上生活的约三百名殖民者，决定采用残酷无情的方法剥夺他们的生命，大约也就像决定处分工厂生产的缺陷产品一样。

我茫然坐回椅子上。我很清楚，YHWH 的决定是绝对不可能推翻的。

投石通常会用直径 1 千米至 5 千米的小行星。将恒星的光集中到一点，改变其方向和速度，并在经过大型行星附近时，利用飞掠和引力弹弓进一步加速。

6500 万年前灭绝了恐龙的陨石，推测其直径为 10 千米，速度为每秒 20 千米。与广岛原子弹这种人类首次使用的大规模杀伤性武器相比，其能量达到数千倍，像烤箱一样把整个地球表面都烤焦了。

用于投石的小行星，尺寸虽然小得多，但如果需要的话，甚至可以加速到亚光速——每秒 10 千米（最高速度能将地球大小的行星撞得粉碎，化作火球），并且可以执行精细的设置，比如只清除人类、清除所有多细胞生物、彻底消除所有生物等。当然，使用致死性病毒更便宜，不过考虑到之后的行星再利用，还是投石的方法最不留后患。

有没有什么办法挽救理想乡人的生命呢？哪怕只能挽救一部分……

我绞尽脑汁也想不出一个好办法。

实在不行，最少也要救下塔米。

· 5 ·

第二天一早，形势骤然恶化。

村里的头面人物再度聚集到村长的房子里。我也被特许以观察员的身份参加。

“我父亲是在几个小时前去世的。”正田村长沉痛地说。

“当然，考虑到年龄，去世也不足为奇。但是，从死状上看，完全是祸神的手笔。”

所有人看到僵在被褥上的老村长正田不死男的模样，都立刻背过脸去。死亡在他脸上留下了可怕的痛苦印记。

“最有力的证据在这里。”

忌部老人敞开遗体的胸膛上面浮现出肿胀的文字。

pestis pestis

在场众人纷纷交头接耳。

“和祸蝇一样的图案。”

“果然没错。”

“那段诅咒的文字。”

这是为什么？我想。如果祸神是从理想乡人的潜意识中诞生出来的，为什么会反复出现他们无法理解的拉丁语诅咒？

“不会吧，这……”

忌部老人呻吟说：“面对报复的诅咒，竟然变本加厉地作祟！这样的事情，还从来没有过……太浑蛋了。这样的话——这已经……”

就在这时，一个村民跑进了房子。走廊里传来的脚步声慌慌张张。

“什么事这么吵？”正田村长眉头紧锁，训斥道。

“非常抱歉，但、但是……有件不得了的大事……”

听到跑进来的年轻人气喘吁吁地讲完，在场众人的脸色都变了。

“真的？”

“不可能！以前从来没有过这种事情！”

“为什么？仓库不是用三重大门密封的吗？到底是从哪儿进去的？”

“里面应该充满了惰性气体，它们怎么活下来的？”

面对村里头面人物的问题，年轻人只能脸色煞白地摇头不已。

“金城先生，完全没想到在您来访的期间，会遇到这样的一天。不过，我想一切都该结束了。”

村长的话，让房间一下子静了下来。

“请等一下，不要放弃。一定还有办法。”

我在正田村长的表情中感到了悲壮的决绝，拼命想要阻止他。

“不，没有办法了。”正田村长静静地说。

“今年的收成已经完了，仓库的粮食是我们最后的救命绳。现在既然已经被祸虫糟蹋了，我们也就活不下去了。”

“马上驱虫啊！不管怎么说，这么短的时间里，总不会把粮食都吃光吧？”

“现在驱虫已经晚了。”

忌部老人深深叹了一口气。

“祸虫会分泌一种无法分析的剧毒。只要被它们接触过的食物，不管怎么处理，都不能再吃了。以前很多村民就是因此丧生的。”

“那……”

那到底要怎么办？我屏住呼吸，等待他们继续说。

“我们能做的事情，只剩下一件。”

忌部老人的声音像是在吐血。

“我们的历史，在今天结束。艰苦奋斗的日子里，多少也有一些喜悦。怎么样，大家都没有遗憾吧？”

“对，事到如今，一点也不后悔。”

“我们都已经很努力了，对吧？”

“是啊，真的尽力了。”

“我们也能挺起胸膛，面对地下的祖先了。”

“我们干得很好，干得很好。”

没有一个人抱怨，大家全都站起来，流着泪互相拍肩膀。

“我们终究灭亡在祸神的无理作祟下。这件事已经无法改变了。我们只能接受这个命运……”

忌部老人大声鼓励众人。

“但是，我们不会在这里坐着等死！”

所有人都用力点头，挥起拳头，齐声大喊：“没错！”

“从现在开始，我要在理想乡神社奉上毁灭的诅咒。村里每个人都必须参加。”

“毁灭的诅咒？你要做什么？”

没有人回答我的问题。

“金城先生，怎么样，要不要见证村子的末日？把我们写在记录里，可能的话，最好烙印在您的记忆里。”

正田村长带着平静的笑容，伸出手来。

“村长。”

“现在回想起来，您偶然来到这里参观，真是侥幸。如果神……不是祸神，而是如果这个宇宙的某处有一位真正的神，那么也许这就是他的旨意。”

理想乡神社内，弥漫着紧张的空气。不知是谁在什么时候打扫过了，昨天的狼藉荡然无存。

“今天，不得不对大家说这样的话，实在非常痛心。但还是请各位听我说。我们辛辛苦苦积攒下来的最后一点粮食，都被可恨的祸神祸害掉了。”

正田村长淡淡地通报情况。听众中传出啜泣声。

“各位，到此为止了。让我们带着自己的骄傲和矜持，迎接最后的时刻。”

啜泣化作痛哭。每个人都在流泪。

“但我还是气得发抖。为什么？到底为什么会这样？”

“我的心情完全一样。”

忌部老人站到村长旁边。

“我们到底做了什么？为什么要遭受这么残酷的命运？”

忌部老人叫喊道。愤怒立刻感染了听众，宛如暴动般的氛围席卷开来。

“既然如此，不管做什么，我们都要让祸神知道我们有多愤怒！我们确实是弃民，是虫豸一样的东西。可是，虫豸也有虫豸的意志！在被踩碎之前，至少也要狠狠刺他一根毒针！”

喝彩声四起。人们找到了最后一个发泄怒火的对象。

“塔米，过来。”

正田村长不知为什么把塔米喊了过去。塔米战战兢兢地走过去。

“就在今天早上，你爷爷去世了。”

“啊，不可能……”

塔米捂住嘴，目瞪口呆。这么说来，塔米是正田村长的女儿？她从没提过家人，我刚知道这个事实。

“很抱歉，这是真的。这一切都是该死的祸神干的。”

塔米的眼睛里涌起大滴的泪水，随即顺着脸颊滚下来。得知老村长的死，听众中间爆发出新的怒吼。

“接下来，忌部神官将会奉上毁灭的诅咒。塔米，你必须加入。”

“我？可是，我什么也不会啊。”

“没关系，塔米，你什么都不用做！”

正田村长推着塔米的后背，让她去忌部老人身边。就在这时，几个村民搭好了祭坛一样的东西。

“还有，金城先生，请让我们暂时保管您的上衣。”

“什么意思？”

“您的上衣里，好像有电子大脑，还有其他各种神奇的功能，可能还有武器。我们接下来要做的事情，不方便被您打扰。”

一个年轻人走过来，举着枪，瞄准我的胸口。那不是激光枪，也不是脉冲枪，只是使用火药的原始发射装置，但就算这种东西，被打中了也是致命的。西服上搭载的简易护盾，无法保证挡住极近距离的子弹。

“怎么了？住手，不要朝黎明先生开枪！”

塔米的叫声传来。

我看着正田村长的眼睛。毫无疑问他是认真的。既然下定决心去死，他们便没有一丝犹豫。

我默默脱下西服，递给正田村长。

这是我第一次真正接触理想乡的空气。比我想象的更冷，也更新鲜。神社特有的清新，也许来源于树木散发的杀菌物质——哪怕这里是全宇宙最受诅咒的神社。

“谢谢。我要再次为我的无礼道歉。金城先生，希望您安安静静地旁观这一切。”

拿枪的年轻人依旧站在我背后。

忌部老人把工作服换成了神官的装束，出现在众人面前，深深鞠了一躬。

“忝居高天原末席的大祸津日神、八十祸津日神，苛待我们无辜的理想乡人民，非但召来无数的瘟疫灾难，还用祸蝇吸食我们的膏血，用祸虫搜刮我们的粮食。祖祖辈辈，直至今日，都承受着无比的损失……”

忌部老人放声高诵。毁灭诅咒的前半部分，和昨天听到的报复诅咒没有什么区别，但在最后有所不同。

“即然这样，我们甘愿自我毁灭，向大祸津日神、八十祸津日神报一箭之仇。”

一个和塔米差不多年纪的孩子，双手捧着某个长长的东西，走上前来。

一看到它，我的脸都白了。

“神刀魂切丸。”

忌部老人抽出这把长约 90 厘米的日本刀。刀保养得很好，带有微微弧度的刀身渗出淡淡的蓝光。

“塔米，闭上眼睛。你的牺牲，绝不会白费。”

忌部老人用平静的声音下令。塔米的身体僵硬，动弹不得。

“住手！那没有任何意义！”我放声大叫。

“祸神只是你们自己心里诞生的恶意和绝望！”

聚集在神社里的人们，就像什么都没听到一样，无视我的声音。

“住手！塔米！快逃啊！”

忌部老人挥起长刀，慢慢向塔米走去。

“宇宙也给我睁眼看好！我们的决心有多强！”

为了实现复仇，必须把自己最珍爱的、最无辜的东西当作祭品……这大约就是他们陷入的疯狂思考吧。可是，现在的我，什么都做不了。

忌部老人踏出最后一步的时候，塔米像是终于从魔咒中解放出来似的，转身想要逃走。但是村民张开双臂拦住了她的去路。

神刀魂切丸从背后贯穿了塔米的胸膛。

塔米瘫倒在地上。周围的村民抱起她。我闭上眼睛。

“看到了吗，祸神？你尝到我们的怒火了吗？下一个是我！”

忌部老人仰天大叫，简直连喉咙都要撕裂一般。

空间扭曲了。

刹那之间，天照Ⅳ的蓝色天空化作晦冥，暴虐的狂风骤然而起。

人们在狂风中互相搀扶、彼此支撑，但还是一动不动地盯着天空。

就在这时，我真的看到了：自云层间俯瞰大地的——巨大眼球。

那眼睛很熟悉。祸神的像……那双像猪一样的细长眼睛。

眼睛陡然瞪大，仿佛十分震惊，它一边眨着，一边逐渐变淡，直至消失。

紧接着，瓢泼大雨倾盆而下。宛如深夜的理想乡——天照Ⅳ，包裹在激烈的雨声中，几乎无法听到彼此的叫喊声。

我跑向正田村长，抢过西服。正田村长只是茫然地站在塔米前面，没有丝毫抵抗。

我弯腰俯在塔米身上。她已经停止了呼吸。雨水浇打的身体彻底冷了。被长刀贯穿的胸口，应该流出了无数鲜血，但都被雨滴冲洗掉了。

“怎么了？这就结束了吗，祸神？”

就连忌部老人的咆哮都被雨声淹没，听起来断断续续。

“你这个无耻的神！杀了我啊！你要是能动手，就给我降下神罚啊！”

黑暗的天空中划过闪电。

紧接着，令人目炫的闪光和雷声，在忌部老人的位置炸开了。

我像木头人一样弹飞出去，在地上滚了好几圈。幸好落在柔软的泥地上，没有受伤。

看向落雷的地方，出现了一个大坑。

烧成焦黑，折成两段插在地上的，是那把名为魂切丸的日本刀。

. 6 .

我在飞船上书写提交 YHWH 的详细报告书。

天照Ⅳ星——通称理想乡所发生的事情，至今我都无法相信。

当然，我不能如实写出来。否则今后我自己也会受到 YHWH 的怀疑。

戴上头盔，让精灵读取我的思考来写作，可以大幅节约时间，但所有的思考内容都会留下记录，所以我别无选择，只能口述。

和去的时候不同，返程不能使用费用高昂的超光速航行。虽然也可以选择，但费用需要自己负担。好不容易赚来的酬劳都会花光。

等我用超光速通信把报告书发出以后，就能随便挑个时间钻进太空胶囊，在海藻糖中瞬间冻结，下次醒来就是抵达故乡的时刻。那将是在 130 年后的事了，我尽量不去多想。

至少那时候我还活着。和不幸的理想乡居民不同。

奉上毁灭的诅咒后，他们选择了集体自杀的道路。与此相伴，诸恶根源神信仰也自然消亡了。

我无法阻止他们。这么做也没有任何意义。就算他们放弃自杀，所有的一切也注定在半年后毁于飞来的石头。不管是他们的田地，他们的家园，还是他们的回忆。

不知什么原因，投石设定为最高强度。也就是说，天照Ⅳ将会被彻底粉碎。我不知道出于什么理由，YHWH 放弃回收资金，不再尝试利用这颗殖民星球。

枯燥的报告书让我疲惫不堪。我去看了另一个冷冻胶囊。

塔米的尸体以完好的保存状态，静静地躺在里面。

以现在的医学水平，很容易让她起死回生，也能让她重生为本来的美少女形象。

问题只在于费用，但这也可以用 YHWH 支付的高额调查费解决。

她失去了家人和故乡。这点程度的赎罪，我应该做吧。不知道苏醒以后，塔米会做出什么反应。不过我相信，她有足够的力量和智慧，战胜一切，开始新的生活。

我回去继续写报告的时候，忽然有了一个想法，于是搜索了诸恶根源神信仰的相关信息。用的是超光速通信，成本不菲，不过用于撰写报告书的费用，YHWH 会承担的。

不经意间，一篇论文吸引了我的注意，论文题目是《阿瓦隆的失落小猪》。

一开始我对它并没有什么兴趣，但随着阅读的深入，我逐渐被其中的内容吸引。

“阿瓦隆这颗殖民星球的正式名称叫作马尔多纳达Ⅱ（马尔多纳达是《格列佛游记》第三篇中的地名），白人殖民者在这里依靠农业为生。由于频繁的自然灾害和瘟疫，这些殖民者在两百年前灭绝了。调查队发现的只有风化的废墟和一份手记，而内容却是在一连串难以置信的不幸中产生的愤怒、哀叹、诅咒和绝望。

“连续的牲畜疫病导致家畜剧减，小麦田又在一夜之间感染了奇怪的霉菌，颗粒无收。他们似乎完全被厄运笼罩了。”

论文的作者以手记为基础，再现了阿瓦隆的殖民者艰苦奋斗的日子。

有趣的是，这里也独立产生了属于他们自己的诸恶根源神信仰。

“他们原本是虔诚的基督教徒，但慢慢产生了妄想，认为上帝变成了迫害者，在时间与空间的远方向他们投射无限的恶意。

“他们对于残酷而疯狂的上帝表现出无法控制的愤怒，无论结果如何，他们都无法克制想要报复上帝的欲望。

“他们的口头禅是这样的：上帝充满恶意，不断迫害我们，我们必须教训他！

“据说在古代英国，每个家庭都有把人偶吊起来烧的风俗，它来源于焚烧人偶盖伊·福克斯的故事（盖伊·福克斯是17世纪的英格兰天主教徒，试图炸毁国会大厦，谋杀英国国王）。在这颗星球上，人偶逐渐变成上帝的形象，甚至发展成焚烧十字架、损坏基督像的行为。

“他们聚集在教堂，在神父周围反读拉丁语进行祈祷，以弥撒为名公然诅咒上帝。也是在这个时期，‘pestis pestis’的诅咒取代了‘Amen’，成为频繁使用的诅咒语。

“成为邪恶上帝牺牲品的居民，常常叫喊着‘My Guts！’（我的肠子）死去。那到底意味着什么，目前还不清楚。

“对上帝做过报复以后，常常会出现短暂的平息期。居民们迫切期望这样的和平能够持续下去，但休战总会被突如其来的天灾打破。无法判断那真的是邪恶上帝的意志，还是偶然的自然灾害。

“远超正常概率的不幸、频繁的自然灾害和瘟疫，让他们受尽了折磨。他们把所有的余力都投入对上帝作祟的报复中，但也日渐疲敝。最终，殖民地被一场超越物理法则的巨大灾难毁灭。

“聪明的、喜欢抱怨的、只会哭泣的，但也有可爱一面的小猪们，就这样在这个宇宙中灭亡了。那副让人联想起小猪的特殊容貌，本来是适应阿瓦隆的气候风土而诞生的，现在只能在影像中看到了。那细长的眼睛、狮子鼻、小小的耳朵、厚厚的嘴唇……

“至于身为迫害者的上帝，他们似乎也有着自己清晰而明确的形象。据说那是某位占卜师在水晶球里看到的相貌：长脸，鹰钩鼻，橡子眼，暴晒出的鞣革般皮肤。显然是一副极易让人想起魔女的面孔。”

我愕然无语。

理想乡的居民，有着只能在无意识中运用的念动力。难道说，阿瓦隆的殖民者，也具有同样的力量吗？

但这太荒谬了吧！

在这个宇宙中，到底因为什么样的偶然作用，才会让两股无处发泄的恶意彼此交汇，相互反射？两颗殖民星球不仅相距几十光年，而且阿瓦隆早在理想乡殖民开始之前就灭绝了。

但是，如果这就是真相，那么两颗殖民星球的灭亡，就是源于受迫害者相互之间毫无意义的相克。

这样的牺牲，岂不是太没意义、太令人痛心了吗？我想着理想乡的人，又想着阿瓦隆的殖民者，实在坐不住，站起身来，在狭窄的船舱里来回踱步，继续思考。时间还很多，我可以尽情思考。

然后，忽然间，我意识到另一件事。

难道说，像 YHWH 这样近乎全知全能的星际企业，暗自畏惧的就是这个？

如果这种超越时间与空间的可怕能力，投向星际企业……

也许只有那时，折磨我们的邪恶诸神，才会真的在银河系一扫而空。

但即使如此，星际企业也不能选择通过预防性的攻击毁灭人类。因为这种行为会令市场遭受毁灭性的打击，无法达成利益最大化的目标。

但对我们而言，没有星际企业，也没有任何不便。

夜的记忆

. a-1 .

他在强烈的违和感中醒来。

仿佛现实的残渣还在意识中飘浮。

他让腹腔中包裹内脏的无数囊体膨胀起来，静静地从海底浮起。上浮了许久，直到比重与海水平衡，才静止下来。

周围是完全的黑暗。

强酸性的海水流过他的身体，卷着漩涡缓缓离去。他试图嗅出其中有没有表示危险的信号。

辣。窒息的味道。刺痛般的感觉。少许硫磺的气味。

散布在体表的类似味蕾的细胞，即使海水中仅有几 ppm 的物质也能感觉到。不过，似乎没有可疑的东西。

他抖动身体后侧的许多“泳行肢”，开始缓缓前进，同时把前部犹如海葵般的触角张开呈伞状，然后将全身的“感觉毛”

全部竖起。

与此同时，世界的样貌陡然一变。

随着“感觉毛 ”竖起，周围浓厚的黑暗开始变淡。

在花瓣一样随波摇摆的 26 条触角中央，他暴露出三块震荡板。震荡板以很短的间隔发出闪光，像探照灯一样照亮了周围的物体。

首先，在近处的空间流淌的无数微粒闪耀着光芒，在海底的黑暗中显露出它们的身影。光芒迅速在海底穿行，将远处的物体也逐一照亮。岩石、沙滩、奇异的海草、流线型的动物。

距离他越远，光芒的速度便越慢，遥远处的物体也被照亮得越晚。

从远处看，那就像是以他为中心不断诞生出光之球。

光球瞬间膨胀到数万倍大小，照亮世界，然后逐渐衰减、消失。与此同时又会有下一个光球，再下一个光球，就像定格胶片一样，让世界的景象不连贯地展现出来。

他的世界如肥皂泡一样诞生、成长、消失。仿佛宇宙在以一定的频率闪烁似的。

光芒的远方还不存在世界。光芒消失时，世界也随之消亡。一遍又一遍，世界以他为中心，不断被创造出来。

在这里，并不存在真正意义上的光。

这里的光，是声音。

他此刻正在“看”的，是自己发出的超声波的回声。

声波承载的信息量远不及光，所以他获得的图像没有色彩，也没有细腻的光影，只有颗粒粗大的幻灯片般的模样。

但是，这个世界的“光”却可以传递近乎手掌触摸般的触觉，同时也具有X线般的穿透力。

在他前方50米左右的地方，有一只扁平的动物翩然掠过。他能清楚感觉到那只动物满是棘刺的粗糙表皮。而那只动物却讨厌被“光”触摸，翻了个身，消失不见了。

他继续震荡出光芒。分布在全身的“感觉毛”拾取所有方向上返回的回声，八个巨大的神经节不停地解析结果。

海洋中各种形状的动物来来往往。有流线型的动物，只要最小幅度的动作就能轻松游过很长的距离；有圆筒形的笨重动物，却能像飞船般悠然前进；有扁平的动物，优雅地摆动身体的边缘；也有接近球形的动物，还有细长的动物……

在关注所有方向的情况下，他所能看到的只有对方的大致轮廓——可以说只有形状。而形状本身，在这里具有优先于一切的意义。

大部分动物对他的种族都不构成威胁，但唯有球形和细长形状的动物，往往是不祥的征兆。特别是后者，可以说是捕食者的特有体型。

世界的黑暗深处似乎总是隐藏着敌意。

游了一会儿，巨大神经节中的一个捕捉到了某种图像。那图像化作朦胧的不安，缠住了他的心。

他停住了，只摆动一侧的泳行肢，将天线般的头部转向自己感受到不安的方向。

在光芒不断衰减的远方，可以看到宛如细长绳索的剪影，一边蠕动，一边闪烁。

是“蛇”！

他慌忙降低了光度的输出，收缩腹腔内的囊，缓缓向海底下沉。他祈祷不要被“蛇”发现，但原本行动混乱的“蛇”的形态逐渐缩小，最终变成上下振动的点，向自己游来。

他的震荡板闪烁了两三次，天空（海面）反射的光形成拟态图像。

“蛇”没有转向那个图像。它有着不容动摇的信心，笔直朝他游来。

不能再犹豫了。

将大量海水吸进自己的鳃，变得如同三叉尾般的喷水管猛烈喷射。他的身体承受着海水的强大阻力。开始并不顺畅，不过水流的喷射慢慢变得连续，身体也逐渐加速。

收起头部的触角和全身的“感觉毛”，周围再度被完全的黑暗包围。现在，只有前方传来的热量指引着方向，只有通过沿着身体流过的水流，才能感知到速度。

这种盲目的暴走，是他这一种族逃命的非常手段。如果撞上什么障碍物，他的沉重身体恐怕会受到致命损伤。

他在黑暗的海洋里埋头猛冲。

形成皮肤的柔软物质剧烈震颤，在体表形成飞速变化的褶皱波纹，抵消湍流，将水的阻力降到最低。

海藻的碎片、微小的生物群体，还有其他不知名的东西，都在水流的搅动中退向后方。

他的身影就像是在无限虚空中不断飞行的火箭。

在他的记忆中，某个场景正在复苏。

. *b-1* .

八月的太阳如同地狱的烈火般照下来，简直让人无法呼吸。光。光。光的洪流。紧闭的眼睛里充满了热量，仿佛马上就要燃烧起来。刹那之后，滚烫的沙子开始炙烤脚底。

三岛晓很清楚自己如今过的是多么不健康的生活。连续几个月，眼睛看到的都是人工照明和全息屏幕上的褐色文字，别说太阳，就连白色沙滩上的沙子都无法直视。脚底很敏感，走到海边的时候，就像被针戳一样刺痛。他不得不握紧拳头，飞身跳进海里。

把脚泡进温热的水中，他不由得松了一口气，然后就这样哗啦啦地钻进海里，一直没到脖子，就像掉进去似的。

胸口承受着海水的压迫，当他像吃饱了的海狮一样张嘴喘气的时候，他看到织女从海上回来了。充满力量的自由泳，没有一丝疲态。

一瞬间他没跟上她的身影，正在四下张望的时候，背后突然响起声音。

“为什么不游泳呢？很舒服啊！”

他差点跳起来。

“我会游的。现在正在用肌肤享受海水和阳光。”

“哎——”

她用嘲弄的眼神瞥了他一眼，抬头望向天空。他跟着她抬头往上看，视野里填满了闪耀在天空中的蓝色。太阳用无声的暴力灼烧他的视网膜。

“你为什么一点事也没有呢？”

他呻吟着，捂住渗出泪水的眼睛。不稳定的图案在视野里盘旋不定。

“因为你吃了三片感觉亢奋剂。看，真实的自然多么美妙。”

他忍不住又要抬头望天，赶快把眼睛闭上了。

“过一会儿我会看的。你一个人再游会儿吧。”

“可是你真的没事吗？”

“没事的。”

他装出没事的样子。

“因为这是为了留下回忆。多少总要忍一忍。现在确实有点头晕，不过马上就习惯了。”

“习惯也不等于回到吃药之前的状态。”

他一下子不知道如何回答。她游走了。

三片确实太多了，他想。他舔了舔嘴唇，咸得简直令人颤抖。在阳光的直射下，他感到自己的脑袋随时都会冒烟。

不过，也多亏了这种药，昨天才留下那么美妙的回忆。他微笑起来。

莫扎特、肖邦、格什温、欧菲尔德，古典音乐家的作品一向令他感动，而昨天尤为强烈。乐曲结束之后的一个多小时里，他一直泪流满面。

还有许多濒临灭绝的水果。在他的舌尖上，那些味道宛若真实。

腐烂洋葱般的榴莲。甜得让人发疯的芒果。如同调味石膏的香蕉。

当然——他想，也不能说所有的都很美味。

但是，后面的主菜却是货真价实的精彩绝伦。葡萄酒是真的，不是合成的。而且更精彩的是，入夜之后……

“你一个人在想什么呢？笑得好恶心！”

突然被浇了一头海水，他踉跄了一下，眼睛里进了一点水。

在海边吃过午餐，两个人乘小船去礁湖探险。透过船体与舷外浮材之间的观察窗，翡翠色的海水呈现出令人难以置信的清晰景象。令人联想起生物艺术的脑珊瑚、闪着银鳞游泳的小鱼群、生有可怕的厚重钳子的大虾、鲜红的海星、五彩斑斓的海蛞蝓。

每当看到什么，奥瑞梅就会像孩子一样兴奋不已。他也刹那间忘记了自我。

突然她低下头，不再说话。

“怎么了？不舒服吗？”

“不，不是……”她转过身来。

“这么美丽的景色，再也看不见了……”

“说不定还有机会。”

“嗯。我们还有机会吧！但是，我们的回忆……”

“是啊。但正因为只有一次，所以回忆才那么美。好了，不要再想那些了。”

她没有回答，摸了摸用金链挂在脖子上的护身符。那是拇指大小的白色长方体，侧面交错排列着许多突起和小孔。

“大家都进到这里去了。”

“奥瑞梅……”

“亲爱的，你觉得，我们在做的事情，只是单纯的感伤吗？只是无意义的自我满足吗？”

“我不这么觉得啊！”他拍了拍她抚摸护身符的手。

“正因为不这么觉得，所以才特意来到这里。喝了烟花香槟晕晕乎乎的。”

“嗯。”她终于露出微笑。

“因为要一起去呀，带上满满的回忆。天鹅座的……哪里来着？”

“61 号星。”

“嗯，天鹅座的 61 号星。”

他把视线从她纯真的笑容上移开。因为撒谎，他的内心隐隐作痛。

. *a-2* .

他放慢速度，在黑暗中静止。

海水的温度上升了很多。他推测小镇就在附近，但并不知道自己的准确位置。“蛇”应该被甩了很远，他再次把触角像孔雀开屏一样张开，竖起“感觉毛”。

周围又变得朦胧明亮起来。包裹着他的世界呈现出异样的对比度，宛如梦中。

海底好像是一片舒缓的斜坡，但看不到太远处。他正下方的地面就像是被光球照亮似的，浮现出一个圆形，但圆形的外侧部分模糊不清。

由于底部的温度高，导致声波向上扭曲。对流也很剧烈，远处的图像如同阳光照射下的空气般摇曳不定。

他用泳行肢缓缓前进，光源也闪烁着，沿着海底的不规则形状前进。

海底到处都生长着管状的底栖生物。偶尔会在灯光中捕捉到身披坚硬铠甲的小动物，但它们迅速踢起软泥逃走，只留下泥土微粒的烟尘。

（哔哔，哔哔，哔哔……）他喃喃自语。

朦胧的危险信号在他体内亮起，但他不知道该做出什么反应。

为了获得更清晰的图像，他把触角几乎张成直角，以体轴为中心缓缓旋转着前进。放射状伸长的触角，如同旋转木马一样漂在水中。

前方漂着某种东西。

对流的扰动和低沉震动般的声音（光）困扰着他。他缓缓接近那个东西，发现那是一具动物的尸体。是他称之为“鳟”的鱼形生物，肚皮如同破裂的气球一样裂开下垂。头部的触须呈簇状，已经僵硬，显示出它已经死了很久。

他把光的输出调到最大，探索周围，于是发现四周漂浮着大大小小无数的鳟鱼尸体。

长长的战栗掠过他的神经系统。

他的泳行肢一动不动，任由洋流摆布身体。

（现在是鳟鱼的产卵期。）

（我闯进了它们的产卵地。）

沿着斜坡的快速水流将他冲走。

（只要一动，就会引起“卵”的注意。只能装成尸体，直到离开产卵地。）

就像天平上突然放了一个新的砝码，他感觉到神经系统陡然被加上了很大的压力。那好像是后方传来的图像。他悄悄改变方向，用触角捕捉那个图像，随后发现自己正面临无法逃脱的困境。

不祥的细长剪影在视野里跃动。

它靠柔软的背板节，上下振动整个身体，宛如全力奔跑的野兽，笔直朝他游来。

对方平坦的头部平时只长了稀疏的感觉须，现在已经突起了几百根线一般的“牙”，等待着吞噬他身体的那一刻。身体表面为了消除水的阻力而分泌的黏液，在“蛇”的周围形成好几圈漩涡般的光轮。它们离开“蛇”的身体，融入周围海水的时候，化作太阳耀斑的模样，紧紧捆住他的心。

（快逃。）

“不能动。”

（快逃。）

鳃盖痉挛般反复开合。不过，就在它终于完全张开，即将吸水的时候，刚好在“蛇”和他的中间位置，冒出了一群气泡。于是鳃盖再度紧紧关上。

“蛇”快速上下振动着身体不断逼近，在它正要穿过气泡中间的时候，泥沙如同爆炸般弹起。透过烟幕可以看到，无数小小的球体罩住了“蛇”。

那些小球串在一起，在他发出的声波下熠熠生辉，就像是

“蛇”的全身装点了无数的宝石一般。

爆炸引起的水流拖着“蛇”逐渐远去。他看到“蛇”在痛苦而无力地挣扎着，不断萎缩下去，直到只剩下表皮。

凶猛的捕食性卵群闻到了血腥味，四下里蠕动起来。各处的泥沙都跃起几十厘米高，好几个卵块抬起头来。其中也有仿佛飞行般直接跳到水中观察情况、随后又径直落入海底的。

它们能够通过强韧的膜，自由改变渗透压。一旦被它们粘上，体液就会被全部吸干。

幸运的是，他与无数的鳟鱼尸体一同随洋流漂走，卵群似乎看不到他。

他离开了海底火山山麓下的辽阔产卵地，去往山的另一侧。大地底部响起的微弱声音，一直传到他的身体深处。“小镇”已经很近了。

. *b-2* .

短暂的狂风结束后，傍晚出乎意料地凉爽。

迎着山上吹下来的风，椰子树的叶子沙沙作响。好几种昆虫在玄关旁的紫色灯光周围飞舞，其中包括一只很像绿尾大蚕蛾的蛾子。

三岛从敞开的门口走进去，看了看厨房，里面没有人。他来到客厅，在沙发上坐下。从这里可以看到海岸的景色。

长长的沙滩对面覆盖着粗糙的岩石，树木丛生。天空中有几只归巢的海鸟。淡淡的蓝色让疲惫的眼睛感到舒适，他不想开灯。

一想到明天就不得不离开这片地上乐园，心中便涌起凄楚的疼痛。很难想象还有机会再来这里。

如今是连降落到地表都受到协会严格限制的时代。如果不是这次的特例，在这样的地方度假，恐怕只是这辈子的梦想。

明天必须付出代价。他深深叹了一口气。明天要乘轨道电梯返回殖民地了。而他与她的所有记忆和人格都将被塞进小小的共生芯片里，然后再度返回到以前那样平凡的日常生活中去。

虽然这也只是暂时的安排。

他摸了摸胡子拉碴的脸，不知道什么时候是最终时刻。如果可能的话，他希望在自己和奥瑞梅都没意识到的时候结束。

而芯片又会怎么样呢？他无法预料。说到底，那不过是由生命体的能量驱动的零件集合而已。

“所以它没有感情。”协会的技术人员说。它会记录人类的记忆和心理反应的模式，然后针对特定的刺激，以各自确定的方式给出反应。它是机器，而不具备感情。

但是，人类的大脑不也是类似机器一样的东西吗，他想。只不过是以蛋白质构成的而已。又有哪里不一样呢？

记忆中的技术人员说，至少有一个决定性的差异——芯片不会发疯，它不受任何激素与维生素的影响，连可动部分都没有。新的记忆会存储在原来的大脑中（那只具有记忆储藏库的功能）。也就是说，芯片是完全不变的，没有发疯的可能。技术人员开心地笑了。

没有发疯的可能——那不就是说无路可逃吗……

他对自己陷入的思维陷阱感到愤怒，于是怒气冲冲地站起来，打开灯。外面已经彻底黑了。

奥瑞梅到底去哪儿了？还有伊普老爹也是，连饭都没做好，也不知道跑哪儿去了。

就在他焦躁地走来走去的时候，外面传来丁零当啷关铁门的声音。

“奥瑞梅？”

随着他的声音，双手抱满行李的伊普老爹走了进来。

“三岛先生，这是今天晚上的大餐。这虾怎么样？还有这个……”

“伊普先生，奥瑞梅去哪儿了？”

年老的小个子华裔管理员笑了起来，阳光晒黑的脸上满是皱纹。

“哎呀，我还以为她在二楼呢。我出去的时候，她拿着信上去了。”

“信？”

“下午送来的。杂志什么的，有四五封。”

三岛走上楼，敲了敲卧室的门。没有回应。推开门，旋即看到地板上散乱的一沓纸。

他慢慢走到床边，捡起纸，坐到床上。她大概是在这里读信的吧？床头柜上的老式台灯一直亮着。

这些纸都是殖民地寄来的邮件。一封是订阅的杂志；一封是奥瑞梅的姐姐写的；第三封来自住宅局，告诉三岛夫妻他们获得资格，可以移居到比现在更大的住宅。

第四封只有信封。来自殖民地医疗局的“感觉知觉研究所”，写着三岛夫妻亲展。

三岛后背一阵发凉。他在地上翻找里面的信，发现房间深处的墙边上掉着一块揉成团的金属箔。

他大步走过去，展开金属箔。上面写的正是他害怕的文字。

2096.8.24

心理特性报告 6

关于不久前受国际殖民行政管理局及地球人协会的委托所实施的心理特性测试，现通知其结果如下：

测试者

a 三岛晓 29 岁

b 三岛织女 22 岁

测试类型 异种感觉兼容 B–N 法

测试日 2096.7.31

结果

a 内向性分裂质。视觉听觉 P Ⅲ型。样本群中可识别出如下两种类型的亲和倾向。

S–4

T–8

b 双向性躁郁质。听觉视觉 L Ⅳ型。样本群中仅可识别出如下一种类型的亲和倾向。

J–11

他扔掉信，跑下楼梯。由于行政管理局或者医疗局的错误，测试结果被寄给了测试者。官僚作风会一直存在到人类灭亡的时候吧。

“三岛先生，怎么了？”

“奥瑞梅。她不在。”

“后来好像又出去了，不过很快就会回来的……”

他着急地打断伊普老爹的话。

“她不见了。你知道她会去哪儿吗？比方说很远的地方。”

老人想了想。

“如果要一个人离开这座岛，大概会开船的吧。”

“船？”

“有五艘很久以前的喷气艇，停在北面的小湾里。现在已经很少有人坐了……哦，钥匙挂在小屋里。晚饭呢？三岛先生，晚饭不吃了吗？”

老人站在门口朝三岛的背影喊。

“三岛先生，不要吵架啊！女人一旦生气就会不顾一切。三岛先生……”

. *a-3* .

海水的味道渐渐变得越来越熟悉。温度逐渐升高，水流也越来越湍急。

（“真是个蛇鲨的好地方！”）[1]

他继续游着，感觉到紧张的气氛逐渐松弛下来。距离安全的地方只有一步之遥了。

斜坡在半路上突然变得很陡。他绕了一个大圈，最后遇到一堵挡住整个视野的巨大石墙。没错，就是这里了。

囊中充满气体，身体膨胀起来，他开始上升，像气球一样稳定地接近岩石的顶点，然后缓缓抵达。

视野豁然开朗。

1　该句引自英国作家刘易斯·卡罗尔的小说《爱丽丝梦游仙境》，原句为“Just the place for a Snark!”。

他看到眼前是一片壮丽的景色，一直延伸到地平线尽头。大地的轰鸣和沸腾的水声交错回荡，把周围照得明亮无比。

大大小小的火山连绵不绝，大部分是休眠或者死亡状态，但其中还有一些在喷出热水和气泡。

有的只比周围微微隆起一点，有的上端直逼海面，还有突出海面的超大火山，高度参差不齐。

险峻的山崖上刻着好几道沟壑，像是被熔岩流冲刷出来的。到处都是奇形怪状的石头，像是被抛上天空又掉下来似的。

然后，一条巨大的山谷敞开大口，就像是填满了这些火山的间隙似的。

他的身体上噼啪震颤的光芒，就是从那里发出来的。

他缓缓下降。遥远下方的岩石上长满了各种各样的生物，那是他从未看过也无法想象的：在热流中舞动无数触手的生物，保持着规整间距的直立中空圆筒，在岩石间形成网状桥梁的东西，缓缓旋转的球藻状物体，等等等等。

所有一切都以大地给予的热为能量之源，转动着生命的齿轮。

他和他的种族也是一样，不过是以地热为起点的开放式能量稳定系统的一部分罢了。

他沿着伟大的大地生殖器官前进。在如此规模面前，他的存在等同于无。

在谷底加热的水流轰鸣着上升，形成热与光的墙。墙的对面什么都看不到。他害怕被热水烫到，因此保持了相当的距离，但右半身还是热得厉害。

现在他看到下方是麦田，同胞们的生命食粮。

“麦”是一种聚合状生物，由几种共生的细菌和藻类构成，即使在冰冷贫瘠的土地上，也能通过深入地下绵延几百公里的根系夺取地热，为他的种族提供宝贵的粮食。

他在麦田里找到了标记，于是像老鹰一样滑出一道巨大的弧形，降落下去。麦子哗啦啦摇动起来，开启了小镇的入口。几株士兵麦紧张地伸展开来，不过在发现他不是外敌后，便关上了能够喷出毒液的穗尖。

他被冰冷的水流送进隧道里。好几条隧道分分合合，通向小镇。

遥远的记忆再度慢慢苏醒。

无法言喻的怀念填满了他的心。

很快他就到了小镇。

小镇位于死火山里，四周是耸立的岩壁，火山口围出一片海面。火山口上部距离海面很近，谁也无法穿过它进来——这等同于自杀行为。只有几条隧道连接小镇与外界。

运送他的冷水流，变成海底河流，横穿火山口底部。他顺着水流，等待抵达小镇。最终，前方右侧如幽灵般出现了熟悉的形状。他游到水流外面。

俯瞰冷水流的斜坡上，粘着一块巨大的不规则白色物体，让人联想起动物的脂肪。它最宽的地方恐怕有几百米，表面看起来像是蒙了好几层半透明的薄膜，又像是泡在水里很长时间的尸体，到处都是破口，破裂的薄膜边缘随着海流翻滚漂动。仔细看去，整个块状物也像是布丁一样软绵绵地摇摆着。

这是他的同类居住的小镇。

构成小镇的薄膜似乎能够很好地传递声波。他在外面发出的光，化作脉动的光点，将内部居民的行动照得清晰可辨。整个小镇也处在不停的振动中，发出朦胧的光芒。

他慢慢游过去，让小镇始终保持在右手边。在火山口里，降低光的输出功率是不成文的规矩。居民在小镇周围游泳的样子看起来就像萤火虫。

这个巨大的建筑，实际上是从一个微小的水栖虫的体组织发育而成的。

这种栖息在火山岩石凹处的虫子有十条腿，以珊瑚虫的尸体和藻类的残渣为食。在繁殖期，背部的海绵状组织会膨胀成球状，吸引配偶。在那时候，就会呈现出火山上开满了花一般的景色。

他的种族在建设新的小镇时，使用如下的方法：首先捕捉这种虫并进行驱邪仪式，避免日后作祟。然后将它们的活体浸泡在提取自海藻的药液中，最后用藏在他们吻管中的毒针刺入虫子的中枢神经。被刺的虫子会完全瘫痪，只能偶尔抽搐一下肢体，而背后的海绵状组织会摆脱激素的咒缚，开始疯狂增殖。

虫子本身很快就会被抽干养分而变得干枯，但开始生长的组织还会继续从海水中抽取有机物，继续膨胀。如果放置不管，它会被自重压垮，最后破成碎片，在方圆百里的海洋中宛如雪花般飞舞。

通常，居民们在虫子长到适当大小的时候，会为它浇上热水。于是，死后收缩成膜状的组织，就成为具有无数小房间的理想的集体住宅。

对面亮起闪烁的光芒。他进一步降低了光的亮度。

等彼此来到正常个体间距离的位置上后（难以通过双方溶解在海水里的分泌物味道互相识别的距离），对方向他发来信号，问他是谁。同一种族间，突然用光冲击对方，是最为忌讳的行为。

当他发回表示自己身份的信号时，对方慌忙后退，重新调整了与他之间的距离，因为他是违反自然伦理的“污秽”存在。对方骄傲地展示了自己在部族中的崇高地位之后，再度提问。

他们使用的语言，是三块震荡板发出的光－声干涉所构成的各种立体图像。在黑暗中描绘出鲜明的几何学图形。图形划出短短的光迹，消失后还会留下片刻的残像。

最先呈现在他面前的是大大的正十九边形，然后是波浪形的线条，带有深度（表示时间）的四角锥的闪烁。

翻译过来，含义如下：

“‘从死亡的黑暗深渊复活的人’，啊，你是何时离开的小镇，离开了多久？”

他回答：

“硫磺泉喷出八次热水的时间。现在刚刚回来。”

“为什么要离开安全的小镇？”

他煞费苦心地组织语言。

“小镇眼下虽然安全——随着时间的推移，安全度会逐渐降低——并将变成充满了危险的地方。捕捉新虫的任务迫在眉睫，我为此去寻找地方。”

“为什么安全会变成危险？捕捉新虫的时期会由神和长老决定。”

“短期的、不太重要的危险，是周围聚集了太多的捕食者。长期的、更为致命的危险，是火山的喷发。为了避免长期的危险，必须集体迁徙，但随着短期危险的增大，转移会变得困难。”

“捕捉新虫的时期，由神和长老决定。”

“请把我的观点传达给长老。来自水上的人们应该会劝说长老遵从我的忠告。”

对方缓缓改变了方向。无数泳行肢忙碌地摆动着，在小镇光亮的背景下，仿佛黑色的剪影。在转回小镇之前，他再度扭头。

“你是污秽的存在。你是不自然的异端。来自水上的人们，通过你带给我们的不是恩惠，而是灾难。你为什么会复活？”

他目送在部族中地位崇高的个体离开，这才再度游起来。

他们种植的麦子在地下长出数百公里的根，改变了地热的传导路径，成为大规模环境破坏的主因，最终导致火山喷发——这件事情到底该如何解释才好？

麦子是畸形的存在，就像是必然会杀死宿主的寄生虫。本来应该在短暂的繁荣后灭绝，但因为遇到了合适的饲主，从而飞跃性地扩大了自己的分布。起初它们只是提供食粮，但现在已经在防卫等服务上也占据了一席之地。

如果要切断相互依存的关系，只有趁现在，他想。否则，这颗星球不久就会失去适宜居住的场所，化作死星。

放弃掠夺性的农业，建立可持续发展的社会。他思考了要达到这个目标所必须采取的步骤。

“首先必须铲除阻碍改革的势力……”

由于他未被允许进入小镇，只能回到栖息的岩石暗处。他的“旧大脑”对这个地方带有强烈的印象。因为他就死在这里。

大小各异的岩石碎片，还像当时一样散布在海底。

突然的闪光，热，剧烈的波浪摇动，还有飞散的海底岩石，未知物质的焦味，可怕的气味，还有黑暗。他被飞散的岩石压住，断气了。

当他和另一个存在共同醒来的时候，复活了他的外星人已经离开了，只留下一份小小的礼物。

金属舱斜着，半边埋在沙里。他把又长又重的身体从敞开的气密门滑进去。

每个机器都被设计成能在强酸中持续工作百年以上。他用触角接触的时候，地震预报器通报了岩浆活动的加剧。

如果要迁移的话，就不得不放弃这个金属舱吧。

那样的话……

什么都不会改变，他想。现在没有这个也能继续下去了。而且他也没有什么特别喜欢它的理由。这甚至都不是地球的东西。

. *b-3* .

月光下，海面像涂了油一样闪闪发亮。一艘漆黑的喷气艇在海面上飞驰。

月亮在左舷上投下圆圆的影子。唯有那一块像是沐浴在聚光灯下似的，显得格外耀眼。它似乎会和小船一直飞驰到地老天荒。

三岛站着，时而看看雷达屏幕，时而在夜幕中努力放眼眺望。

直面的海风寒冷刺骨，他一边搓揉失去知觉的脸和手，一边凝目细看，然而看不到船影。

只少了一把船钥匙。肯定是奥瑞梅开走了吧。

层层的飞沫打湿了衬衫。他坐下来，凝视前方的岛影。这一带到处都是礁石，散布在岩石和岛屿之间。

就像伊普老爹说的，奥瑞梅一旦生气就会不顾一切地跑出去，现在可能稍微冷静了一点，不知道在哪里害怕呢。

不知什么原因，发动机的单调轰鸣声，让他的心绪难以平静。不知怎地他想起了和自己一同行动的可靠伙伴。

他降低速度，从左边绕过巨大的岩礁。雷达上出现了移动物体的反应。

在那儿!

在他前面两三百米的地方，行驶着一艘同样形状的喷气艇。在月光的映照下，上面的人看得清清楚楚。

“奥瑞梅！能听到吗？是我。请回答。”

通信机里没有回应。他加快速度，想要拉近距离，但前面的船也加速了。

两艘喷气艇在夜晚的海面上留下两条白色的航迹，前后追逐。他全神贯注地握着操纵杆，不知过了多久，手臂忽然放松下来。

不知道是不是眼睛习惯了，大海的形态和刚刚有了极大的不同。

原本看起来像是流动墨汁般漆黑的大海，让月光给波浪镶上了金边，红色、蓝色、绿色的光芒在其间嬉戏。

他意识到自己的感觉正在变得异常敏锐。那与感觉亢奋剂的作用有着根本性的差异，更为自然，更为深沉，也更为温柔。

百米开外的奥瑞梅，一根根头发都清晰可见，甚至能感觉到她的心跳和体温似的。

相比之下，自己的四肢仿佛都没有了感觉，只有无限透明的意识。一种麻痹感从胸口往上升，那是兴奋、发痒、火热的快感。

夜晚熠熠生辉。大海也满是光芒。波浪的节奏、划水的声音、引擎的轰鸣，全都浑然一体，协调一致。他陶然忘我，已经不是在追逐奥瑞梅了。追逐的他和被追的奥瑞梅已经化作一体。他只希望能够共享现在这段时间，并且永远持续下去。

但是，均衡没过多久就被打破，等他回过神来，前面的小船已经开始曲折前进，试图甩开他。

他做了个深呼吸，冷静地观察前面的小船，采用最短距离追踪。

距离逐渐缩短，像是缩小了的奥瑞梅的身影再度拉近。她一次都没有回头。

然后，月光下的追踪，突然宣告了结束。

奥瑞梅的小船发动机突然停机了。他的船越过了她，绕了一个大圈转回来。

她悄然坐在座位上。他静静地连接两艘船，叫道：

“我马上过去。”

“别过来！”

她转过头来。

“你撒谎。你一直在骗我。”

“我没想骗你。”

“为什么？为什么！你说我们的测试结果是一样的，肯定会去同一个星球。”

她抽泣起来。

“有那种可能。我以为会是那样。我不想让你担心。”

“骗子！”

他一条腿踏上小船，伸出一只手。她把他的手挥开。

“你从一开始就在撒谎。你根本不在乎结果是什么。你一直都在骗我。”

泪水扑簌簌地顺着她的脸颊滚落。他无言地固定好两艘船。波浪以同样的节奏上下摇晃着两个人，就像她强忍呜咽的呼吸。

“我相信你会和我一起，让机器把心吸走。可是醒过来，发现周围，周围，全都是陌生的世界。我一个人……”

她像是决堤般号啕大哭起来。他闭了闭眼睛，一条腿踩在小船边缘，转到她身边，然后调整了一下姿势，犹犹豫豫地伸出手。

“奥瑞梅。”

她退了一步。

“不是的，你听我说。你说的是共生芯片，那不是你。它虽然继承了你的记忆和人格，但还是完全不同的。你不会去任何地方。”

“我会去的。”

他想起奥瑞梅具有将自我投影到他人身上的性格倾向，会将朋友的不幸当作自己的不幸一样悲伤。她给身边周围每一样细小的东西都起了名字，显示出幼儿般的执着。宠物大海雀死的时候，也惹起了一场大乱……

“共生芯片不是你。奥瑞梅。你想想，你脖子下面挂的是芯片。小小的白色长方体，那是芯片。”

“是我。”

“不是你，是机器。你为什么不明白呢？”

他想踏前一步，但被她的眼神吓了一跳。

“不明白的是你。”

她一直盯着他。

“拥有你的记忆，像你一样思考，那就是你。我们大家全都丧失共感的心了吗？我们到底是从什么时候开始，变得和机器一样了？”

“共感当然很重要，但是你说的只是感伤而已。”

他打算讲道理，但实际上说出来的话听上去很苦涩。

“芯片不是你。”

“是我。”

他长长地叹了一口气。满天的星星冰冷地闪烁着。脚下缓缓摇晃，让他有种莫名的不安。

“那，同情芯片的你又是谁？”

“是过去的我啊！”

“和芯片同时存在的你呢？”

“未来的我。”

“那，芯片呢？”

“另一个未来的我啊！”

感觉像是被人扇了一记耳光。欺骗自己、不想面对事实的，是他自己。

“未来的我和芯片，或许是完全不同的存在，但是它们都是今天的我的未来。而对其中一个未来，我们正在做出无法挽回的事。”

她还在抽泣，不过声音逐渐平静下来。

"可是，我们只能这么做。"

他听到自己的语气中隐藏着苦涩。

"这是我们对人类的义务。"

"是对人性的亵渎。"

"为什么？我们不是有义务传播人类的文化吗？我们在这里出生、思考，以及死亡。我们不是被赋予了传播这些事实的使命吗？"

"会有记录的。塞满了无数的磁盘、芯片，我们的精神结晶。"

"记录总会风化、消失。至少你认为他们会考虑那种东西吗？"

"就算我们灭亡……"

她的头发在风中飞舞、颤抖。

"我们活过的事实不会改变。"

"被遗忘的事实已经不能算是事实了。"

"就算人死了，活过的事实还是会留下来。即使没有一个人记得，也不会改变。"

他叹了一口气，用手指敲打小船的栏杆。

"其实，我是觉得对不起你。我当然也不喜欢。但是，总要有人做出牺牲。"

她双手捂住脸。

"为什么我们要被毁灭？你说我们做了什么坏事？为什么？谁有权力……"

"没办法啊！"

他轻轻抱住她。

“我们输了。军事上，外交上……已经没有种族反对灭绝人类了。我们剩下的选择，只有静静地迎接最后的时刻。”

“我们还能战斗啊！”

“嗯。但什么也得不到，除了加快结局的到来。”

他伤感得说不下去了。

“我们好不容易让他们接受了共生芯片的结局，条件是尽力将地球恢复到自然状态交出去。我们的下一个目的地是某颗行星，那上面某个处于文明前阶段的种族好像遭遇了什么困难。如果我们能在那里做出巨大贡献……”

“然后呢？”

“然后，人类也许可以再生。”

她轻轻地挣脱出来，背对着他，凝望大海。她的手紧紧握住栏杆。即使在夜里，也能看到她的手指变得苍白。

“你和我，是少数具有适应性的人。我知道这对你来说有多痛苦……”

他轻轻把双手搭在她的肩上。为什么自己要折磨她？这个想法在脑海中掠过。明明自己一直都很爱她，一直想为她略微减轻哪怕一点点痛苦。

海面上微微摇曳的月光，在视野中朦胧扩散开来。只有打在船腹上的水声在耳中回响。他用手掌感受到她柔软的肩膀上传来微微暖意，仿佛无比珍贵。有那么一刹那，他似乎看见自己将永远失去它们。他很害怕。

他双手用力——不要放开。绝对不放。不然的话，就再也回不来了。永远……

所以当她转过身来的时候，他感到的只有悲伤。

因为她的回答是确定的。

“好吧！”

湿润的脸颊上浮着微弱的笑容。

“去遥远的星球吧！”

. *a-4* .

他不会发疯。

不会改变。

也不会习惯。

“那是什么？”

“广告词，我想的，就是有点不太顺口。”

设计共生芯片的生命工程师露出微笑。

小镇居民围成一个巨大的圈，各自都在持续振荡出光芒。光球刹那间膨胀起来，向黑暗中扩散。圆圈中央有一只个体在游弋。他像是不知自己身处何方，忽而改变方向喷水飞速前进，忽而又停下来摆动泳行肢。

这只个体马上就要被处死了。罪名是没有向长老传达“从死亡的黑暗深渊复活的人”的信息。

他在不远处看着这一幕，并没有什么特别的感触。犯了罪就要受到惩罚。这几乎是全宇宙通用的规则。

犹如霓虹灯般闪耀的文字宣布了“浮刑”。执行官上前，围住犯人，装上几个用死者的囊做成的浮袋。同时，围成圈的居民们开始同步振荡光芒，闪烁得令人眼花缭乱。

光芒打破了平日的禁忌，提升到最大强度。居民们的光相互干涉形成驻波，周围笼罩在静止的耀眼光辉中。他意识到自己的柔软外皮在微微震动。

居民们在彼此光芒的照耀下，以巫术般的韵律开合花瓣般的触角。与此相对的是，被困在中央的罪人，触角和感觉毛都折叠起来，就像死了一样动也不动。

执行官的吻管插入浮袋，浮袋慢慢膨胀起来。不久，浮袋缓缓上浮，笔直挺立。

隔了一次呼吸的时间，罪人离开了海底，以令人惊讶的速度开始上升。居民们的光强烈地聚焦在他身上，毫不偏离。

指向头顶的光，照亮了被火山口围成一个圆的平坦海面。罪人在其中就像是芝麻粒一样小，仿佛是被地面探照灯追踪的轰炸机似的，逐渐远去。

突然，海面上出现了整个火山口大小的巨嘴，将罪人一口吞下，紧接着又消失不见了。

神下达裁决后，海浪随即从海面上涌来。居民们的圆圈激烈地上下摇晃，在海水中散开。混乱逐渐平息，黑暗再度统治了这里。

静寂。然后是时间。

他在海里静静地游泳。

他是在无限宇宙般的黑暗中悬浮的恒星。

他的世界宛如肥皂泡一样诞生、成长、消灭，就好像整个宇宙都在以固定的节奏闪烁。

光的远方还不存在世界，光经过后的世界也会消失，周而复始，万物以他为中心不断创造出来。

各种各样的东西从其中经过。

“狗”优雅地振动纤毛穿过。“猫”张合着伞一般的身体，掠过视野。

远处“人们”往来交错。“道路”上许多“树木”摇曳着枝条和触手，头顶上无数的“鸟”僵直不动，像冻住了似的。

影子在动，它在朝他的方向笑。他以为自己看到它了，但并不确定，因为本来不可能看到。

想到这一点，他总感到一阵类似窒息般的情绪。确实感觉看到了，但是真的不可能看到。

因为这里不存在光，这里的声音才是光。

冷汗似的感觉。近乎想呕吐的感觉。

和发疯一样的情绪。

在他短暂凝固的脑海里，遥远过去的幻影浮现消失。好像听到了什么，那总是在黑夜中……

在黑暗中，只有时钟准确地刻画着时间，就像是要偏执地切断永恒持续的时间，将之置于自己的控制之下似的。

他独自坐在桌前，侧耳倾听时钟的声音，凝视双手，缓缓开合，它沐浴在光下，发出白光。桌上的台灯放出非现实的光，在黑暗中切割出球形的区域。

光。

光不存在。

黑暗不断蚕食图像。他从椅子上站起来，身影就这样消失了。然后一切归于黑暗。

时钟的声音。

是的，那是不可思议的感觉，所谓“听到”声音。但是……

声音不存在。

时钟一直停着。

那该用什么词呢？用来描述没有人的房间里半夜发出的小小滴答声。

描述没有人的世界里诞生的、小小的思维气泡……

他折叠起触角和感觉毛，在黑暗中如同宇宙飞船一样旋转着身体，控制姿态。然后从喷水管迅速喷出海水，加速身体。

缠绕在身体上挥之不去的不快“味道”被冲走了。只有在对所有的感觉都封闭自我的时候，他才会得到短暂的自由。

人类的祖先也是像这样在太古的海洋中一直做梦的吧，他想。

而在遥远的未来，遥远地球的记忆，也会像这样在不知名的异星海洋中苏醒。

他继续加速。

奥瑞梅在哪里呢?

一切都超乎想象。两条永远不会再度相交的思维线。

对彼此而言都不存在的两个世界。

然后……

水流剧烈地振动着他的身体。那像是要把他从什么里面洗出来似的。

他在海中全速飞翔。

无法消失的、作为人类的记忆在折磨着他。那是一枚楔子,深深楔在这颗星球上的现实生活中,带来无法控制的混乱。每次醒来时,他都要挣脱遥远的现实,让自己相信自己并不在地球上。

但是……能相信吗?

曾经是人类。曾经听声音、看光芒、用双腿行走、用手掌触摸。那是多么奢侈的经验啊!

诸多回忆里,尤其有一个形象,在他心中具有令他窒息的确切存在感。每当他在海洋里全速飞驰的时候,就会鲜明地复苏,以强烈的感情填满他的心灵。

拍打脸颊的海风,波涛的声响,大海的气息,月光的闪耀,完美的刹那。

两个人在海上疾驰的那一夜……

罪人的选择

1946年8月21日16时15分

熊蝉的鸣叫声如同暴雨倾泻而下。

三个人排成一列，无言地横穿过古宅的院子。院子后面是一个小山丘，近乎垂直的斜面中央有一扇木制的门——用砂浆做了固定，遮掩在高大的楠木和茂密的夏草丛中，不走到近旁很难发现。

身穿复员军人服装的高个子——佐久间茂一手端着猎枪，一手从口袋里摸出钥匙。浅井正太郎接过钥匙，打开门上挂的老挂锁。他穿着一件垂到屁股的和服，袖子卷起，露出不动明王的文身。

门开了，后面是一个大洞的入口。防空洞。

“进去。”

佐久间依旧举着手里的猎枪。

身穿白麻西服、头戴船夫帽的矶部武雄，拖着有点残疾的左腿，走向洞口。里面黑漆漆的，散发出一股霉味。

佐久间在背后举起灯笼，把防空洞里照亮了一些。入口往里大约两米，通道朝右拐了个直角。就算外面的冲击波和火焰掀飞了木门，里面的人也不至于受到直接的打击。

“快走。”

背后被枪口捅了捅，矶部只得走进防空洞。佐久间和浅井紧跟在后面。

“那个，阿茂，我……”

矶部说到一半，背后又被捅了一下，他只得闭嘴。他知道佐久间的性格。现在说什么他也不会听。

沿着狭窄的通道右转之后，来到了一处稍微开阔些的房间。空气比外面凉爽，但亚麻西服已经被汗水湿透了。这么难受的汗，他还从来没感受过。

“坐到那边。”

灯笼的光照出一把破旧的木椅。矶部默默地依照吩咐坐下。

佐久间把灯笼挂到天花板的钩子上，房间里被照得清清楚楚。

这是一间八叠大小的房间，天花板比佐久间的头稍高一点。房间里除了桌子和椅子，还堆满了木箱，此外还挖了一口竖井，像是用来储藏东西的。

“阿武，你准备好了吧？”

听着佐久间的声音，矶部的大脑以前所未有的速度飞快转动。

这家伙真的要杀我？这也没办法。事已至此，小时候的交情没有任何用处。怎么想这家伙都不会原谅我。

但是，既然要杀我，为什么非要把我带到这种地方来？是想在这里枪杀我，直接埋在防空洞里？或者把整个防空洞都埋起来，让尸体更不容易被人发现？

但还是有问题。为什么要带上浅井正太郎？他是二人小时候的共同好友，但也是个有头有脸的黑社会，这一带无人不知。如果只是要帮忙挖坑埋尸体，找个小人物就足够了。

“阿茂，你生气也有道理。我知道自己再怎么道歉也没用，不过我还是想做点补偿，就当积德了。”

矶部浑身颤抖着，搜肚刮肠寻找说辞。他清楚自己正站在生与死的分界线上。漫长而黑暗的战争终于结束，前方是晴空般的未来。可自己居然要因为一个无比荒谬的理由，死在这种阴森森的地方。

“你，动了我老婆。”

佐久间的语气很平静，但其中包含的愤怒，让矶部打了个寒战。

“我无话可说。”矶部深深低下头。

“你有什么脸见我？你应该知道迟早会有这么一天。”

佐久间面无表情，如同戴了面具。小时候他就是个越愤怒越没表情的脾气。没辙了，不管说什么，都打动不了他。既然如此，那只能坦白一切。穷鸟入怀，或许还能……

“我以为你死了。”

佐久间微微点了点下巴，“你看了战死公报？”

“那都是胡说八道。我有个邻居，也是长了腿回来的鬼魂。”

浅井讥讽地说，“话说回来，既然阿茂回不来了，你就可以随便做什么了，是吧？”

“……我真的很想帮帮你的家人。”

矶部恨不得把自己的心剖开。这不是说谎。至少一开始绝对出于善意。

“我听说你们家连吃饭都很困难了。说是佐久间家的生意失败，卖了田地，淑子穿上和服在各处农家周旋，所以我就送了点米过去，算是一点心意。”

不知道是不是心理作用，佐久间的表情似乎有点缓和。很好，矶部想。还是得想办法往柔和的方向带，要注意说辞。

“后来，我就经常送粮食过去。每次你的家人都很感谢我，我也很开心。我的腿不好，小时候都是阿茂你在保护我，我想报答你，而且被人感谢，受人依赖，也让我觉得自己是个有用的人。”

矶部偷偷看了看佐久间的脸色，对方玻璃珠般的眼睛里毫无表情，什么都看不出来。

“淑子一直在努力保护全家人，每次看到她，我都很想帮她，真的很钦佩她。我……慢慢地，爱上了淑子。”

最后一句话是危险的赌博，不过佐久间并没有反应。

“结果就在那时候，我听说你战死了。淑子虽然表现得很坚强，但内心肯定充满了绝望。所以，我……”

“你就趁这个机会勾引淑子了，是吧？你故意给她粮食，也有点强迫的意思吧？淑子不想让家人挨饿，所以再怎么不情愿，也只能委身于你。”

浅井尖酸地说，不过看到佐久间的脸色就住了口。

“我是认真的，我真的想为淑子和孩子们做点什么。如果可能的话，我也想和她成家。”矶部深深低下头。

“成家？你不是有老婆孩子吗？你的小子好像才六岁吧？你要抛弃他们？”

对于浅井的追问，矶部无力地摇摇头。

“不，我不是那个意思……”

“那你是想让淑子给人背后戳脊梁？开什么玩笑！”

浅井卷起袖子，来到矶部面前。矶部想起浅井也喜欢过淑子。

“其实我老婆已经没几天可活了，很早以前她的肝脏就有问题，现在越来越不行了，连医生都放弃了。”

“那你打算在老婆还活着的时候，就让淑子做你的后备？想得真不错啊！”浅井骂骂咧咧地说。

“对不起。我做的事情确实不可原谅。”

“事情我都知道了，”佐久间静静地说，“不管怎么狡辩，你睡了我老婆是事实，这个怎么也不能原谅。”

矶部的双腿没了力气，脖子莫名发凉。他听天由命地闭上眼睛。我注定要死在这里了，他想。

“但是，你的行为一开始是出于善意，这也是真的吧？我的家人没有挨饿，也是多亏了你。”

矶部感觉到微弱的希望，不禁抬起了头。佐久间还是面无表情，什么都看不出来。

“所以，我让你自己选择生死。”

佐久间走到防空洞深处，拿了什么回来，把它们放在矶部面前的桌子上。

矶部揉了揉眼睛。面前是一升的烧酒和一罐银色的罐头。

“选一个。选烧酒，就喝一杯。选罐头，就全吃掉。没吃完吐出来，就当你没有赎罪的意思，我会立刻开枪打死你。”

“什么意思？这里面放了什么？”矶部颤声问。

“战争快结束的时候，我的部队给分发了装有氰化钠的药包，免得我们遭受被俘的侮辱。”

佐久间用黑暗的眼睛俯视矶部。

“听说镇上也分配了氰化钾。村子里一直讨论到早上，最后也没吃。”

浅井一边说，一边把透明的玻璃杯、开罐器，还有一副筷子放到桌上。

佐久间指指桌子：“这里的烧酒和罐头，有一个里面放了毒。没办法计算致死量是多少，大概一口就会致命吧。”

那声音就像宣读阎王的旨意一样毫无感情。

“这、这太乱来了，不行，我不能选。”

矶部瞪大眼睛拼命摇头，嘴里很干。

“你放弃活下去的机会？那我现在就打死你。”佐久间冷冷地说。

“可……我怎么选？”

矶部凝视在灯笼的照耀下泛着钝光的酒瓶和罐头，喃喃自语。

“随便选。不就是喝酒吃肉嘛，人生终点就挑自己喜欢的吧！做个男人，不要废话。”浅井的语气很轻快，“如果下不了决心，就扔个骰子吧。胜负机会各半，只要赢了，你的罪过就一笔勾销。”

“等等，可是，我……我不想死。”

本以为佐久间会破口大骂，没想到他却用温和的声音回答，“嗯，说实话，我也不忍心杀你。”

什么意思？矶部很惊讶。

“但是，如果你连这场试炼都通不过，那我也不能原谅你。”佐久间靠在土墙上说。

“你好好看看眼前这两样东西。线索就在里面。如果都是一样的东西，那就和正太郎说的一样，胜负机会各半的赌博。但是烧酒和罐头一点都不像。为什么呢？仔细想想这里面的意思吧，答案自然会浮现出来。”

“不行，我不知道……我看不出来……”矶部呻吟道。

“说了让你好好想想，其实阿茂想帮你。”浅井把手放在矶部的肩膀上说。

“我不知道哪边有毒，但是要选出正确答案还不是轻而易举的吗？肯定是那个，对吧？”

“……好吧，那我来告诉你这两个东西的意思。”

佐久间带着无可奈何的语气，低声说：“正解是对你的感谢。下毒的是对你的愤怒。”

谜一样的话，浅井却连连点头，像是很有同感。

“原来如此。既然是感谢，当然就是那个了。”

这家伙真的能理解刚才那句话的意思吗？

“阿武，如果你真像自己说的，出于善意帮助我的家人，只是偶然做了错事，那应该会相信我的话，顺利找到正解。”

在佐久间的锐利目光注视下，矶部身子僵硬。

“但是，如果你的本性已经从根子上烂了，刚才说的一切都是为了活命编出来的假话，你就会读出我这番话背后的深意，误入歧途。”

佐久间微微一笑。看到他的笑容，矶部感觉自己浑身的寒毛都竖了起来。

这一场闹剧，是用来折磨自己，把自己逼向绝路的吧？他心中不禁涌起这样的疑问。

“据说在非洲有个原始部落，会让被告喝下毒豆汤代替审判。无辜的人会心怀坦荡地一口气喝完，胃部不会吸收毒豆的成分，呕吐出来就没事了。但是，心里有愧的人，会战战兢兢地小口喝，反而会中毒。”

二分之一的概率。但是佐久间显然要把自己往一方引诱。态度却像是要挽救自己。

“虽然真相都在你心里，但我还是想弄清楚。你选一个，然后一切都会真相大白……罪人，总会做出错误的选择。”

矶部来回打量酒瓶和罐头。

他感觉，如果相信佐久间的话，那么自己似乎知道该选哪个。

但是，那真是能让自己活下去的路吗？

1964年10月10日9时15分

秋高气爽的一天。昨天的大雨仿佛从未来过。

“别动。”

听到突如其来的声音，黑田正雪回过头，惊讶地看着佐久间满子。

“小满，别拿那东西对着我，危险……给我。”

黑田伸出手，满子把猎枪的枪口对准黑田的眉心。

“说了别动。我真会开枪的！”

黑田慢慢放下手。他从满子的眼神里感觉到她是认真的。

“突然这是怎么了？你干吗……”

“别多嘴，转过去。”

黑田按照要求转过身去。后院有座假山般的土丘，上面有一扇厚厚的门，钉了好几块木板。灰色的表面干燥开裂，像是战争期间建造的防空洞。

“开门。”

门上挂着锈迹斑斑的门闩，挂在上面的锁没有锁上。是满子预先打开的吗？黑田丢掉冷冷的挂锁，把防空洞的沉重木门拉向自己。

里面是漆黑的洞。空气浑浊，散发着霉味，还混着令人难耐的恶臭。黑田打了个冷战。

“进去。”

“但是……”

黑田犹豫着不敢踏进漆黑的洞里，满子在背后打开了手电筒。

这些好像都是计划好的行动。可是她到底要干什么？

黑田脱下Kent的夹克拿在手里免得剐破，走进黑暗中。往里走一点，防空洞向右拐了个直角。

“继续走。”

如果有机会，黑田很想把枪夺过来，但是满子没有露出丝毫破绽。黑田决定暂时按照她说的做，等待机会。走了几米，来到一处稍微开阔些的空间。霉味和恶臭愈发强烈。

“那边有把椅子，坐上去。”

黑田在黑暗中摸索着前进，摸到了桌子，后面有把木头椅子。小腿撞到了桌脚，不过还是坐到了木头椅子上。

“正雪先生，我有件事想问你。”

“什么事？没必要这么严肃，问什么我都会说的。”

黑田尽可能温和地说，避免刺激满子。他在椅子上转过身。防空洞入口处隐约照进来的光线，把满子的身影映出黑色的轮廓。不行，这个距离抢不到枪，眼下只能老实听话。

“你说你想和我结婚，是吧？”

就问这个啊，黑田松了一口气。

“当然。这个想法现在也没变。我的工作终于要定下来了，有人给我介绍的。既然要和你结婚，就不能再像以前那样整天游手好闲了。”

“哦，那么，那笔钱呢？”

满子冷冷地打断了他。本以为只要提起结婚的事，她的脑子里就会充满甜美的梦想，不会再想那些鸡毛蒜皮的小事。不过这次好像和期待的不一样。

“钱……哦哦，向你借的两百万啊，那个我正想和你说呢！借钱的事情已经处理好了，全都会还你的。当然啦，那些钱也是你想办法筹给我的，我会付你利息。”

“够了，别再撒谎了。”

还是看不到满子的表情，但声音里充满了坚定，不像 24 岁的天真小姑娘发出的声音。

“你从我这里骗去的钱，全都花在赌博上了，对吧？我都知道了。有人告诉我的。”

谁这么多嘴？黑田咬牙切齿。

“抱歉……我想多赚点钱，结果赌大了。我会想办法把钱还你。对了，我去矿里打工，几年就能还了……不过现在一下子拿不出来。给我宽限几天吧，好吗？”

“为什么对你这种人……”

满子深深叹了一口气。

“算了。你还是好好回答我接下来的问题吧！”

“啊，当然当然。你随便问。”

她说算了，意思是不还也行？黑田心里乐开了花。被她押到这样的地方，本以为会出什么事，结果还是雷声大雨点小。

“除了我，你还有别的女人，是吧？”

黑田差点笑出声来。除了你，当然还有。你只是没算进人数里。

“哪有！我不知道你听谁说的，根本是误会。我只有你一个。”

“我看到了，在车站。你和一个漂亮女人一起。”

“那个……啊，对了，我和那个女孩一点关系都没有。其实是我认识她哥哥，要商量新工作的事。”

“够了。”

满子厌倦地打断他。

“那个也算了。其他所有事情，都无所谓了。随便你怎么对我撒谎，怎么骗我的钱，怎么玩别的女人。但只有一件事，我不能原谅你。”

满子的声音中带着从未有过的凄凉。黑田感到后背发凉。

“史子。你勾引了她。”

黑田吓了一跳。

“……小史？等等。我怎么可能做那种事？她才十五岁吧？”

“是啊，我也以为你不会做那种事，可是你做了。你勾引还没长大的孩子，随意玩弄，然后又像垃圾一样扔掉。”

“那是误会。谁瞎说的？”

“史子自己。”

“小史？那是她陷害我。她喜欢我，但是我没理他。你知道的，那个年纪的孩子，经常撒谎。”

“撒谎到自杀？”

“哎？”

“昨天晚上，史子上吊死了。留了遗书，详详细细写了你干过的事。”

满子哽咽了。

“你这个混蛋！你怎么不去死！用死补偿史子！”

黑田目瞪口呆。他知道必须做点什么，却没办法从椅子上站起来。这种莫名其妙的事情居然会发生在现实里。我会死在这儿吗？死在这个一直乖乖听话的、傻乎乎的姑娘手上？

“……不过你放心，我不会随便开枪打死你的。”

满子好像回过神来了。

“我父亲过世的时候，是你帮了我。一群债主和骗子拥过来找我的时候，是你勇敢地挡在我前面。我真的很感动，感动到流泪。虽然现在回想起来，那只不过是你要护住自己的猎物，不让别人抢走吧？”

“不是的，我发誓，我从没有那种企图。我只是想保护你们姐妹，毕竟从小就认识你们……”

黑田的话连自己听着都没有说服力。

也许是对自己的长相自卑，满子从小就是个畏畏缩缩的孩子。因为学习成绩很好，从地方高中毕业后，在大学里读了食品卫生学，去了保健所工作，但没有和男人交往的经验。在黑田看来，她根本就是对他言听计从的小孩子。

相比之下，史子是个白皙奔放的美少女。黑田的目标是佐久间茂在战后混乱期搞来的遗产，本来的目标只有满子，但他色心发作，忍不住也对史子下了手。

“我在想，这种时候父亲会怎么做……所以我给你一个获救的机会。”

满子走到昏暗房间的深处，拿了一个东西回来，重重地放在黑田面前的桌子上。黑田本想趁机抢过她的枪，但身子像被捆住了似的，动弹不得。

“这是什么？”

黑田颤声问。满子用手电筒照亮桌子。

“看，一升装的烧酒和自制的罐头。随便选一个。选烧酒就喝一杯，选罐头就吃掉一个。但如果半路吐出来，你就输了。”

“什么意思？这里面放了什么？”

“放了毒。”

“别开这种玩笑。”

“费这么大劲把你带到这种地方，不是为了开玩笑。”

满子的语气像是在闲聊。

“而且，你是第二个玩这个游戏的人。”

“哎？”

“十八年前，停战的第二天，我父亲，佐久间茂，把一个人带到这里，让他做同样的选择。和现在一样，在烧酒和罐头里选一个。巧合的是，当时还有一个人在场做证人——混黑社会的浅井正太郎，他也是你父亲，对吧？”

黑田倒吸了一口冷气。很少有人知道自己是浅井正太郎的私生子，不过佐久间茂当然知道。

大脑的角落里闪过某种记忆。对了。自己那个黑道老爸，临死前不久有一次喝醉了，好像说过这样的话：拿枪指着某个人，让他做出生死选择。选酒，还是选食物……说得很含混，没太听明白意思，所以听过就忘了。不过他说的显然就是这件事。

到底哪个是正确答案？黑田拼命搜寻记忆，却怎么也想不起来。

“上一个人是谁？选的结果呢？”

他甚至都忘了温声说话，而是用暴露出地痞本性的粗鲁声音问。

“想知道就自己看！”

满子大喊一声，用手电筒照向防空洞深处。一眼看过去，黑田差点昏厥。

那边是一具完全化为白骨的人类尸体。

这就是恶臭的来源吗……

满子照亮了尸体穿的白麻西服和船夫帽。

“矶部武雄——我的亲生父亲。结果不用说了吧？”

1946年8月21日16时20分

一升装的烧酒，没有标签的罐头，选哪个？哪个里面下了毒？

矶部的视线在两个物体之间游移。

“刚才你说，如果半路吐出来，就会开枪杀了我……”

他一边擦着额头上的汗珠，一边偷看魔王般傲立的佐久间。

“没错。”

“可是，如果那是正解，该怎么说？也就是说，我选对了，但还是没忍住吐出来了？”

“一样。只要吐出来，我就开枪。”佐久间毫不犹豫地回答。

“行了，别再胡思乱想了，进了嘴里就要吞下去。如果选了正解，结果反而挨了枪子，那才叫死不瞑目。”浅井笑嘻嘻地插嘴说。

二分之一，五成的概率。真是这样吗？这家伙说的话能信吗？

“这两个里面不会都下了毒吧？”

佐久间皱起眉头。

“你他妈想什么呢！阿茂会干这种恶心事吗？”浅井破口大骂。

“这是公正的裁决。如果你选了有毒的，我会把另一个吃给你看。这样你也能死得瞑目。”佐久间静静地说。

“听到了吗？我是见证人。”浅井说。

矶部点点头。这就是浅井在场的原因，他给佐久间的话做保，见证裁决结果的公正。

“啊，知道了……抱歉说了一些怀疑你的话。”

矶部又擦了擦额头的汗，再次打量起一升的瓶子和罐头。

如果相信佐久间的话，那么自己应该选罐头。

他刚才说，“正解是对你的感谢。下毒的是对你的愤怒。”

感谢是对食物的态度。那么正解应该是粮食，也就是罐头。

首先浮现在脑海里的就是这个解释，但是矶部也意识到反过来的想法也能说得通。

用酒表示感谢，不是很自然吗？村子里有种习俗，在表示感谢时，就会精心包起一升装的酒带去送人。在秋日祭典上，为了感谢五谷丰登，也会向神社献酒……

不行不行，想不出应该是哪个。那么，愤怒是什么？

矶部仔细观察装在一升瓶里的淡蓝色液体。

瓶口有个塞子，上面还套了金属塞，是香槟塞，密封度高，又能方便开启，也就是说，下毒很容易。

酒瓶里的液体，对于靠私酿赚钱的矶部来说，很容易就能看出是什么了。酒渣酒，它和用酒糟做原料的北九州酒糟酒不一样，是用杂粮发酵而成的劣酒。在它之前，曾经有过用工业酒精灌装的炸弹酒，搞出了不少甲醇导致的失明和死亡，所以酒渣酒迅速流行起来。不过矶部私酿的酒渣酒还是兑了卖剩下的炸弹酒，对健康依然很有害。

如果说酒代表愤怒，那是在谴责我勾引淑子、沉溺色欲吧？还可能是用酒渣酒来暗示渣滓杂志。借食物不足之机凌辱人妻，不正是那一类杂志上刊登的色情小说中常有的情节吗？不过这可能有点过分联想了。

矶部又去看罐头。反过来想想，如果罐头表示的不是感谢，而是愤怒，那该怎么解释？

可是关于这个问题，怎么也想不出头绪。

可能自己太拘泥他说的话了，不如从更加实际的观点想想看。

如果要在罐头里下毒，只能在封罐机封口之前动手。这就是说，一开始就计划好在罐头里下毒。这家伙会搞那么麻烦吗？

“我能拿起来看看吗？”

矶部战战兢兢地问。佐久间默默点点头。

那是个没有标签的银色罐头，有点小、大概是6号罐的大小，要把里面东西全都吃完估计挺困难，特别是里面还可能下了毒。

“这是什么罐头。”

“底下写着。”佐久间冷冷地回答。

矶部把罐头拿在手上，翻过来看。底部用墨水写着“紫河豚卵巢·麸皮”。

河豚……卵巢……矶部花了一点时间才理解这个词的意思。

“什么鬼东西，河豚卵巢不是剧毒吗？怎么能吃！”矶部大声叫道。

“能吃。”

佐久间微微一笑。

“北陆地方自古就在吃。把河豚卵巢用盐腌一年，然后再用麸皮泡两年，就能把毒性全去掉。”

“这个罐头是在北陆买的？”

“不是，自家做的。”

“你做的？”

“不是我。我父亲在战争中找不到吃的，所以就把本来要扔掉的河豚卵巢用盐腌上，然后用麸皮泡。后来父亲死了，剩下的家人把它煮沸消毒，用家里的制罐机封成罐头。”

矶部不知该说什么。

“这样子处理真的没问题？”

“你担心的话可以选烧酒。”浅井揶揄说。

“我父亲最辉煌的时候曾经是个著名的美食家，尝遍了全日本的美味，估计也打听过去毒的方法。他没道理让家人冒险。”

佐久间的话有些说服力，但矶部还是有些担心。

“听说北陆用的是芝麻河豚（密点东方鲀），这里写的是紫河豚（紫色东方鲀），种类不一样，生理特性也不一样吧？”

“谁知道呢？都是河豚，应该差不多吧！”佐久间不耐烦地说。

“但是，拿麸皮泡过以后，一般不会做成罐头吧？会不会因为这个导致毒没去掉？”

“这个我不知道。你想知道可以吃吃看。”佐久间冷冷地说。

“行了，别再问这些蠢问题了。二选一，赶紧选。”

矶部无可奈何，只能拼命转动大脑，冷汗顺着后背往下淌。

厚重的沉默笼罩着防空洞。

1964年10月10日9时18分

“你父亲？”

黑田惊呆了。

“那这算是复仇？”

“复仇？”满子一脸不解。

“是啊，十八年前，你父亲死在这里。杀他的是佐久间茂，但我父亲也在场做了见证人，都有罪吧。所以你让我做同样的选择，算是给你父亲报仇？”

满子轻声笑了起来。

“给我父亲报仇？他的尸体一直放在这里，你觉得我像是在悼念他的死吗？”

“这……”

“刚才我说，矶部是我的亲生父亲，但我始终认为佐久间才是我的父亲。”

满子像是在自言自语。

“矶部大概忙着在外面睡女人，几乎不回家，也没承担过什么父亲的责任。而且他连正眼都不看我，他对自己的丑陋外貌很自卑，所以大概也不想看到和自己一模一样的脸。”

“不，哪有！”

黑田也不知道该说什么才好。

“有一天，矶部忽然失踪了。他的生意相当麻烦，留了一堆烂摊子，所以我们都以为他丢下家人自己跑了。后来没过多久，我母亲也去世了，我成了孤儿，这时候来照顾我的，就是佐久间。他把我当成亲生孩子疼我爱我，在小辰和美代子依次死于瘟疫以后，更是……”

满子的语气忽然一变。

“所以，后来出生的史子，也是我不可替代的好妹妹。你觉得，把她送上绝路的男人，我能原谅吗？”

黑田想要辩解，但脑子就像麻木了一样，一个字都说不出来。

“十八年的时间，可以改变很多东西。看看东京现在的样子就知道了。从战后的废墟复兴到奥林匹克运动会……你听好了。”

满子慢慢走过来。黑田吓得缩成一团。

“十八年，不管是抹去旧的怨恨，还是生出新的怨念，都足够了。这是给你的提示。”

“提示？”

“让你活下去的提示。矶部好像也得到了一个提示，但他没能用上。你最好仔细想清楚我给的提示。”

“知道了……让我想想。”

黑田想争取一点时间。

“我能摸摸这些东西吗？”

他指向桌上的一升酒瓶和罐头。满子默默点点头。

他先拿起一升装的酒瓶。手上一滑，差点掉下去，吓了他一跳。

如果在做出决定前打碎了瓶子，那就只能选择罐头了。不对，说不定满子当场就会开枪。

淡蓝色的透明一升装瓶子上，粗大的铁丝固定着瓶塞。里面还剩了大约 3/4。

“里面是烧酒？”黑田胆战心惊地问。

“对，酒渣酒。现在没人喝了，不过刚刚停战的时候，没有酒精饮料，这东西很受欢迎。”

黑田皱起眉头，盯着瓶子。他在想里面的酒为什么少了。

这当然可能是一开始就用了喝过的酒瓶，但考虑到罐头肯定是新的，那么酒应该也是新的才对。

瓶塞像是软木塞。如果在这里放了十八年，那么里面的酒可能透过软木塞蒸发了，但会蒸发掉这么多吗？

有个很简单的解释，矶部选了酒。这样的话，少了的部分就可以理解了，因为里面少了一杯。

黑田看着瓶口，不寒而栗。

可以自由打开和关闭，那么往里面下毒也是很容易的。

不行，不能选这个。

那么罐头呢？罐头不可能后续下毒。就算钻个洞再用锡焊上，也会留下痕迹。

罐头上没贴标签，灰扑扑的毫无光泽，隐约还有些锈迹。

“这是什么罐头？”

“看底下。”

黑田按照满子的说法，把罐头翻过来，顺着几乎快要消失的文字读起来，然后吓了一跳。

“紫河豚卵巢·麸皮……”

这么说来，自己确实听说过石川县会用盐腌有毒的河豚卵巢，再用麸皮浸泡，据说那样可以去毒。但第一次听说还有做成罐头的。

……不对，等一下。

“小满，刚才你说这是自家制的罐头？”

从孩童时代开始，他对自己的记忆力就很骄傲，做赌徒也是靠这个活到现在。

“嗯。说是喜六先生在战争期间做的。”

喜六是佐久间茂的父亲。传言他是著名的浪荡子，事业也没成功，导致了佐久间家的没落。

“不会是模仿北陆的做法，把剧毒的河豚卵巢泡在麸皮里吧？”

“喜六先生是著名的美食家，我想他应该很清楚做法。而且在装罐之前，彻底做过煮沸消毒。”

不行，这种东西怎么能吃！而且既然是自家制的，那么完全可以在封盖之前下毒。

“好了，决定选哪个了吗？”

开什么玩笑？哪个都不想选。黑田呻吟起来。

“求你了，能不能再让我想想？”

“行。”

不出所料，满子爽快地答应了。黑田舒了一口气。

和十八年前的矶部武雄相比，自己有一个优势，就是知道矶部失败了。

也就是说，如果不能堂堂正正推算出哪个下了毒，那不妨代入矶部，推测他选了哪一个，然后反其道而行之。

除非矶部自暴自弃，闭上眼睛随便选了一个。

1946年8月21日16时24分

进退两难，二分之一的概率。

矶部感觉自己已经是死了一半的人了。

即使没有信心，也必须选择一个。选错了就要在巨大的痛苦中结束自己的一生，他不想这么死掉。

即将从迷雾中展现出来的未来，究竟会是哪一个？

就在这时，他忽然有了一个宛如天启般的想法。

矶部一直觉得有点奇怪。不对，仔细想来处处都很奇怪，不过有一个疑点可能直接关系到自己的生死。

那就是陆军分发的氰化钠。虽然最后并没有用于自杀，但在复员回国的时候，为什么要把这东西带回来？一般来说，根本连看都不想看到这东西，而且回到国内应该也没地方用。

他想起浅井的话。镇上也分配过自杀用的氰化钾。氰化钠和氰化钾是不同的药剂。不同的地方，分配的药剂也不一样？

不对，这两种药剂经常会混淆。即使用的是氰化钠，有时候也会说成氰化钾。

就在这时，漫无边际的思绪忽然集中到一点上。等一下。如果仔细询问，说不定能从佐久间嘴里套出真相……

“阿武，想好没有？你这人真磨蹭！”

浅井训斥了一句。废话真多。

矶部想，不磨蹭急着寻死吗？我又不想死。

矶部抬起头。想来想去也得不出结论。既然如此，只能把命运寄托在问题上了。

“阿茂……”矶部嘶声说，“你真的在这里面放了氰化钾吗？”

佐久间紧闭着嘴，没有回答。

“你不是说问完了吗？赶快做决定吧！”浅井气势汹汹地催促他。

“知道了，我一定会选……我会选的，再给我点时间。”矶部拼命恳求。

“行吧！”

佐久间从口袋里掏出怀表。

“5 分钟。过了还不能决定，你知道会怎么样吧？”

他拉开猎枪的保险。

“我会决定的……赶在 5 分钟内。”

矶部喃喃自语，满头大汗地推算。

佐久间没有回答刚才的问题。

但是，有时候没有回答就是回答。特别是佐久间这样有精神洁癖、讨厌撒谎的人。

不妨假设他在其中一个里面加了氰化钠。佐久间在工业学校受过理工科教育，性格里不会坐视别人的错误。如果有人问他里面是不是放了氰化钾，那么他肯定很想纠正。

但是，佐久间没有开口。因为他更关注有没有放的问题，而不是药剂的名字，所以不能回答。

换句话说，实际上，氰化钾、氰化钠，哪个都没放。

仔细想来，佐久间只说，在即将停战的时候，部队里分发了氰化钠，但从来没有说自己把它放进过烧酒或者罐头里。

矶部努力回想，佐久间说的到底是什么。

“这里的烧酒和罐头，有一个里面放了毒。没办法计算致死量是多少，大概一口就会致命吧。”

他只说里面有一个放了致命的毒药。

没错，他没说氰化钠，只是含糊地说是毒药。

这是个陷阱。矶部确信不疑。

他想让我选罐头。

正解是感谢，下毒是愤怒——这句话本身大概也是这个意思。他之所以让自己以为毒药就是氰化钠，恐怕也是为了这个。

那么，如果毒药不是氰化钠，那会是什么情况？难道说，毒药是河豚毒素？

佐久间的话大体应该是真的，至少他不会故意撒谎，做罐头的应该确实是他的家人。罐头上没有任何痕迹，所以不可能是后来下毒。

但这正是他的伎俩，他想让自己以为罐头是安全的。

说不定，佐久间喜六打听来的制作方法有遗漏，河豚卵巢的毒素没有全部清除……不对，等一下。

矶部又往深处想。

先用盐腌河豚卵巢，再用麸皮浸泡，这可能是正确的做法。但是，佐久间刚才还说，喜六死后，家人又把它煮沸消毒，做成罐头。

要做罐头，当然需要煮沸，但这样一来，麸皮就没了。

如果麸皮中含有某种成分或者微生物，能够分解河豚毒素，那么煮沸就会中断解毒过程。

矶部感到自己正在逼近真相，不禁有些兴奋。不过，他天生的慎重——胆小，要求他再仔细想想。仓促得出结论，未免太过危险。

刚才的推测还有一个问题。假如这个罐头里的河豚毒素还有残留，没有完全分解，那么佐久间既然没有打开罐头，他又是怎么知道的呢?

……不对，这个可以解释。

罐头应该不止一个，一个罐头解决不了食物短缺。麸皮浸泡的量大概不少，做成的罐头肯定也有二三十个。

如果有人开了一个罐头，吃了里面的东西，结果出现了中毒的症状，那么就说明，所有罐头里面都有同样的毒。

原来如此。在那种情况下，毒素的浓度应该低于新鲜的河豚卵巢，所以才会要求自己全部吃掉。

矶部抬头看了佐久间一眼。

这么想来，他为什么会说那句奇怪的话，也能解释了。

“没办法计算致死量是多少。”

刚才佐久间说的好像不是“不知道致死量”，而是“没办法计算致死量”。听起来，他的意思不是说不知道氰化钠的致死量是多少，而是没办法计算自己会吃到多少克。这一点很奇怪。如果是他亲手加的氰化钠，应该知道自己加了多少。至于烧酒，一杯酒里含有多少剂量，也能很容易算出来。

但如果是河豚卵巢里含有的河豚毒素的量，而且其中一部分还分解了，那确实没办法计算……

“还有一分钟。”

防空洞里响起佐久间冷冰冰的声音。

这么着急催我吗？他似乎想让我匆忙做出决定，得出一个错误的答案。不过已经没关系了。我知道，下毒的是罐头。

最后的问题，就是他的提示。正解是感谢，下毒是愤怒。那到底是什么意思？应该不会是为了搞乱自己的心思，故意说些没意义的话。

酒是感谢的象征，这一点不是不能理解。不过，河豚卵巢的罐头，为什么会代表愤怒？

矶部忽然怔住了。

为什么自己一直没意识到？

不是别的部位，是河豚的卵巢。难道说，这是在暗示他的夺妻之恨？

没错，一定是这样。所以确实是用烧酒表示感谢。

“时间到了。你选哪个？”

佐久间举枪对准矶部。

“这个。”

矶部用颤抖的手指向其中一个。

1964年10月10日9时22分

矶部基于什么样的推理过程，得出了错误的结论?

黑田全速开动大脑。

一般来说，有瓶塞的、能够随便下毒的烧酒，应该不会有人选。

相反，要往罐头里下毒，显然很麻烦。整个罐头外表看不到开孔的痕迹，所以要么是制作的时候就下了毒，要么是重新做了罐头。

……到这里为止，应该和矶部的推理一样。

那么他选了罐头?

如果是那种情况，那就是说罐头里下了毒。矶部开了一个罐头，吃了里面的东西。换句话说，现在这里的罐头是那时候剩下的另一个罐头。

这就有点奇怪了。下毒的罐头有一个应该足够了。佐久间茂有什么理由特意做好几个罐头？只是为了审判矶部武雄？

“小满，我能问一个问题吗？”黑田小心翼翼地问。

“请问。不过我不见得能回答。”满子的声音里毫无感情。

“你说这两个里面有一个下了毒，那是佐久间下的毒吗？还是你新准备的毒？”

满子突然笑了起来。

“我可没有毒。烧酒和罐头都是十八年前剩下的，我一点都没动过。”

好极了。这句话太重要了。黑田心里暗自叫好。

满子应该没有撒谎。毒药是佐久间茂十八年前放进去的。

这么说来，刚才的推理就成立了。如果矶部选了罐头，剩下的罐头很可能没有毒。

不对，等一下。这样说来也很奇怪。

如果那样的话，现在面前的这两个东西，也就全都没有毒了。那么让我二选一还有什么意义？

换句话说，如果假定矶部武雄选了罐头，就会产生明显的矛盾。

那么，如果选的是烧酒呢？

在那种情况下，一升装的酒自然会变少。而下了毒的也是烧酒，罐头不会有问题。到了今天，死亡的二选一依然有效。

也就是说，思来想去，矶部选择的只可能是烧酒。

但问题是，他为什么会选烧酒？在罐头里下毒不是不可能，但显然不像一升装的酒瓶那么方便，毕竟后者可以自由打开，往里面下毒。怎么看都是烧酒更加危险。

黑田苦苦思索有没有其他的线索，这时候他想起了满子给的提示。

十八年，不管是抹去旧的怨恨，还是生出新的怨念，都足够了……

这到底是什么意思？

如果按字面意思理解，她应该是说十八年前佐久间茂的愤恨已经消失了，是自杀的佐久间史子的怨念强迫她做出这么可怕的选择。但这种解释，对于该选哪一个的问题，并没有提供任何线索。

难道说愤恨和怨念暗示着毒药？就是说，十八年前的毒，已经消失了？

仔细想来，就算十八年前罐头里有河豚毒素，到了今天可能也彻底分解了吧？

原来如此，好像终于明白了。

矶部非常担心罐头里有河豚毒素，于是他在无法确定的情况下喝了烧酒，结果死了……

不对。黑田双手挠了挠自己的头发。虽然都说得通，但只是缺乏根据的臆测罢了。

最好能找到更加确凿的证据，不然的话，自己小命难保。

眼前是一升瓶和罐头。除此之外，还有什么线索？

黑田的视线忽然落在防空洞深处的白骨尸骸上。手电筒没有照到它，不过还是在黑暗中浮现出隐约的轮廓。

“小满，我还有一个请求。”

“什么？”

“你父亲——矶部先生，和我现在处于完全相同的局面。我觉得他也不是外人，所以能去拜一拜他的遗体吗？”

满子没说话。黑田理解成允许，站起身来。

越往里走，腐败的恶臭越强。

刚死不久的尸体固然可怕，但经过了十八年岁月的尸体中也仿佛有种怨念浓缩在黑暗里的恐怖气息。

但无论如何，在自己面临死亡的时刻，不能害怕。必须找到线索，必须有力地证明矶部选择了什么。

白麻西服上到处都是肉体腐烂后染出的污渍，还有像是老鼠啃出来的破洞，里面透出白骨。

黑田蹲在尸体面前，双掌合十。

你选错了，真是可怜。但我不想重犯你的错误，拜托了，帮我一把。如果我能活着离开这里，我一定会好好祭奠你。

他在心中默念了几句，心情稍微平静了一点。

他轻轻伸出手。虽然很不想徒手，但还是强迫自己去摸。麻质西服的面料有种湿漉漉的不快感。口袋里什么都没有。他也找了尸体下面，但除了被泥土弄脏手指，一无所获。

他偷偷看了一眼满子。她还站在刚才的位置，也不像在监视自己的一举一动。虽然看不清她脸上的表情，但好像正在思考别的什么问题。

他鼓足勇气，伸手拿起一根骨头。很干燥，比想象的要轻。

他翻来覆去寻找痕迹。烧酒洒出来的痕迹，或者罐头吐出来的痕迹。但是什么都没找到。

就在他灰心失望的时候，忽然感觉尸体的手指像是在指着什么东西。墙脚很黑，看不清楚。黑田就像抓住了一根救命稻草，在地上摸索起来。

手指触到了某个坚硬的东西。不是石头，很薄，很尖锐。

他把那东西轻轻捏起来，放在掌心。

虽然沾满了泥巴，没有光泽，但看起来那就是玻璃碎片。

玻璃……黑田吃了一惊。这会不会是倒烧酒的杯子？他用手指轻轻擦了擦泥土，果然，那是一块透明的玻璃薄片。弯曲的弧度也和杯子差不多。

这样啊。黑田脑子里划过一道闪电。矶部选了烧酒，刚喝完酒杯就掉了。除此之外，没办法解释为什么这里会有玻璃杯的碎片。

他又偷偷看了一眼满子。满子依然怔怔地站在原地，没有发现自己的可疑举动。

再怎么想，估计满子也不可能故意把这块碎片放在这里。自己找到它的可能性非常低。提出要看尸体的是自己，顺着白骨手指摸索地面的也是自己，这些举动她都不可能预见到。

没错了。矶部选了烧酒。

这样说来，正解就是罐头。

太好了……终于找到答案了。

黑田放心地舒了一口气。

他朝着矶部的白骨尸骸又一次合十行礼。谢谢你提醒了我，大概是因为同情我这个遭受同样试炼之苦的人吧。

如果能够平安离开这里，我会按照约定，好好祭奠你。

下颚躺在距离头盖骨不远的地方，仿佛在微微笑着。

1946年8月21日16时32分

“你确定选这个？”佐久间又问了一遍。

“嗯，就是这个。”

矶部的声音有些颤抖，但心情很平静。

真是遗憾，为了骗我，演了这么一出戏，但还是我棋高一着。有浅井这个见证人，只要我选对了，他也只能按照约定放了我。

佐久间打开一升瓶的瓶塞，往玻璃杯里咕咚咕咚倒了八分满。

“一口气喝掉。刚才说过，如果半路吐出来，我就开枪。”

对了，还有开枪的危险。

必须冷静地坚持到最后。浅井说过，如果选对了反而被打死，那才是真的死不瞑目。

矶部想用右手拿起杯子，却发现自己的手抖个不停。

不妙。如果洒了一滴，佐久间就会找到借口开枪。他双手用力握住杯子，试图控制手掌的颤抖。

浅井拿起开罐器，开始打开罐头。

“喂，你要干什么？”矶部吓了一跳，问道。

“刚才说好的，”佐久间静静地说，“如果你选的那个下了毒，我就吃了另一个。”

浅井打开罐头，把筷子放在上面。

“好了，赶快喝光。”

佐久间的声音很严厉。矶部用力咽了一口唾沫。

他在吓我。矶部很确定。我选对了，所以他只是在做最后的挣扎。被这么明显的把戏耍得心惊胆战，真是让人哭笑不得。

没问题。手不要抖，接下来什么都不要想，一口气喝光就好了。

矶部双手握住杯子，端到嘴边。

没有排过气的粗制烧酒散发出强烈的气味。矶部虽然在卖私酿的酒渣酒，但自己从没喝过。味道恐怕会很冲，但绝不能呕出来。

他看到佐久间拿起了罐头和筷子。

别分心，相信自己，这是正解。

矶部把杯子端到嘴边，一口气喝光了烧酒。喉咙像烧起来一样，刺激的味道和气息几乎令他窒息，但他还是强忍着咽了下去。

成功了。我全喝完了，接下来只要别吐就行了。我得救了。我撑过了这场考验，抓住了未来……

矶部看到了令他无法置信的景象。

佐久间用筷子夹起罐头里的东西，送进嘴里。本以为他在装作吃东西，但从他下巴的动作来看，分明真的在咀嚼。

“放了氰化钠的，是你选的烧酒。”

佐久间怜悯地看着矶部。

“你为什么偏偏选烧酒呢？做好的罐头，怎么能往里面下毒呢？代表感谢的只能是粮食，而且我愤怒的是你的肮脏手段，就像在酒渣酒里混上炸弹酒卖一样。”

撒谎。不可能。酒里怎么会下毒……

“所以说，那瓶烧酒才是真正的炸弹酒。”

浅井叹息般地说。

“阿茂已经说了，你按最简单的解释去想就好了。有罪的人，总会像着了魔一样，选择错误的答案。”

矶部感到突如其来的眩晕，手上握的空杯子掉落下去。杯子在地上摔得粉碎，碎片四散飞溅，宛如慢镜头。

胃部猛然收缩，刚喝完的烧酒如同喷泉一般从嘴里喷出来。

不行，呕出来就要挨子弹了。

但佐久间并没有伸手去拿枪。他只是抱着胳膊，看着自己。

心脏狂跳不已，剧烈的头痛接踵而来。

矶部跪倒下去。地面朝他扑来。他伸出双手想要支撑，却径直倒了下去。意识急速消失。

他奋起最后的气力，努力抬头。

他最后看到的，是两个逆光伫立的身影。

1964年10月10日9时25分

黑田盯着一升装的烧酒。

不用怀疑，这里面加了致命的毒药。

如果没有矶部，他或许会选择烧酒。想到这里，黑田不禁浑身颤抖。

他又看向古旧的罐头。罐头虽然没有了金属光泽，但并没有膨胀，也看不到金属腐蚀开口的地方。

从做好到现在，至少已经过了十八年。如果里面的东西经过煮沸消毒，那应该不会腐败，不过可能多少会有些变质。吃了这东西，肯定会闹肚子，说不定还会上吐下泻。

但应该不至于死。

为了活下去，有时候也不得不做出一点牺牲。

“好了，随便选一个吧……你选哪个？”满子低声问。

“这个。”黑田毫不犹豫地指向罐头。

满子没有说话，静静地把开罐器和一次性筷子放到桌上。

黑田掏出手帕，擦了擦罐头的上盖，把开罐器放上去。刀刃以一种令人毛骨悚然的触感插进罐头，顺着黑田的动作轻松切开薄薄的铁皮。

切到九分处，黑田拉开盖子。满子用手电筒照亮里面。

罐头里面装的是焦黑色的不明物体，和土块差不多。

黑田感到嘴里涌起苦涩的唾液，但为了活下去，必须把一整个罐头吃掉。吐出来就是死，无论如何也要把它全都吃下去。

黑田掰开一次性筷子，插进罐头里。土块般的东西用筷子一戳就散开了。

他下意识地探出鼻子闻了闻味道。没有腐败的气味。罐头里没有任何味道。

该死。只能吃了。

黑田用筷子夹起一小块，放进嘴里。黏糊糊的口感。勉强能感觉到里面还剩了颗粒状的东西，不过几乎没有味道。他嚼了两三下，咽下肚子。舌头上留下咸咸的、略带霉味的后味。

不过身体并没有什么不适的变化。

他又吃了两三口，咸腥味慢慢在嘴里积累起来。

“能给我点水吗？”

黑田问满子。也许是因为嘴里含着讨厌的东西，声音听起来都不像是自己的。

“抱歉，没有水……不介意的话，你可以喝那边的烧酒。”

过了一会儿黑田才意识到满子在开玩笑。

“饶了我吧！”

不把这些全吃完，试炼不会结束啊！

黑田闭上眼睛，默默把罐头里的东西送进嘴里。

吃完以后，他把罐头的底拿给满子看。

“看……都吃光了。”

满子沉默了半晌，然后低声嘟囔了一句。

“没想到你会选那个。”

“为什么？”

“没有为什么，就是感觉。我以为你会选烧酒。”

“但是我选了罐头。”

“是啊！”

满子的表情中明显透出失望。黑田感到怒气上涌，不过努力控制住了。

“那，我可以走了吗？”

“嗯。”

趁着满子没有改变主意，赶紧逃走。黑田拿起外套站起身来。他想尽快把胃里的恶心东西吐掉。

“对了，你为什么选择罐头呢？”

满子似乎对自己的设想落空非常后悔。黑田愈发不耐烦了。

“直觉。”

他随便说了一句，想打发满子，但是满子似乎不能接受。

“骗人！你虽然是个无可救药的赌棍，但骨子里是个胆小鬼，又很谨慎。关系到你自己的性命，肯定不会单纯靠运气。你选罐头肯定有什么依据吧？”

该怎么回答呢？如果她知道自己发现了玻璃的碎片，说不定会说自己犯规什么的。

“我只是觉得不能选烧酒……随随便便就能打开，而且还少了一杯。我猜矶部先生大概选的就是烧酒。”

“哦。”

满子低头思考着什么。

“那，我给你的提示呢？你怎么想的？”

十八年，不管是抹去旧的怨恨，还是生出新的怨念，都足够了。

黑田确实没弄明白这句话的意思。

“不太明白。”黑田老老实实地回答说，“矶部先生的死，应该已经抹去了佐久间茂先生的怨恨。新的怨念……对不起，小史的事情都是我的责任，我会用一生来偿还。”

虽然还是看不清表情，不过满子的嘴角似乎微微翘起了一些。

“行了，走吧！”

“啊，那……再见了。”

黑田没有放过这个机会，从满子身边钻过去，快步走向防空洞的入口。

太阳被云层遮挡着，不过因为在黑暗的地方停了很长时间，还是感觉到阳光刺眼。

凉爽的秋风吹拂脸颊，鼻子里闻到青草的气息。

得救了。我，得救了。

黑田朝天举起拳头。

接着，他感到一股难以名状的鬼气，不禁回头去看防空洞。

那个疯女人还在里面。

黑田突然感到一阵毛骨悚然的恐惧，快步走了出去。

他恨不得马上离开那个受诅咒的防空洞。

那个女人竟然真想杀了我。

所以说，如果父母是杀人犯，即使没有血缘关系，孩子也会被养成同样的人。

黑田再也不想和她扯上任何关系。已经从她身上骗到了足够的钱，本来就已经是榨干了的女人。十八年前的谋杀，已经过了诉讼时效吧？如果报警，反而会让警察盯上，说不定会给自己惹出各种麻烦。

虽然很想供奉矶部武雄的灵位，但还是别引人注意吧！

……我会在暗中为你祈祷，你就成佛去吧！

一口气走到看不见那座防空洞所在的山丘，黑田才停下脚步。

他当即跪下，试图呕吐。

不需要用手指抠喉咙，吃到胃里的罐头便倒流了出来。胃液的酸臭刺激到鼻子，眼泪也跟着淌下。一直吐到胃都空了，黑田还把嘴里的唾沫反复吐了好几口，但还是留着令人不快的味道。

直到这时，他才感觉到自己真的活了下来。

黑田流着泪笑了起来。他感到这是自己有生以来第一次发自内心的狂笑。

1964年10月10日9时34分

黑田匆匆离去后，满子还是茫然站在原地。

完全没有想到。黑田竟然会选罐头。

她虽然没有十分的把握，但还是坚信黑田肯定会选烧酒。

然而上天的意志却和满子的期待相反，很残酷。

满子盯着桌上剩的一升装烧酒看了半晌。

最后，她打开瓶塞，往杯子里倒了一些。

不祥的烧酒，也许是因为十八年前佐久间茂放入的氰化钠，看起来有些浑浊。

满子稍微犹豫了一下，还是把杯子送到嘴边。

她抿了一口，随即便为浓烈的味道皱起眉头。她的敏锐味觉，品尝到的不是刺激性极强的酒渣酒，而是微妙的苦味、涩味和咸味。

矶部武雄临死前喝的烧酒，应该也是差不多的味道。

这是死亡的味道。满子闭上眼睛，把酒咽了下去。

但是，为什么呢?

温热的东西淌过面颊。这时候她才意识到自己在哭。

“你傻不傻？到现在了，你还留恋什么？”

满子自嘲地说着，把杯子里的烧酒一饮而尽。

1964年10月10日13时50分

黑田连冰都没放，把强尼黑像廉价酒一样咕嘟嘟倒了满满一杯。

他直接喝了一口，食道顿时热乎乎的，接着又喝了两三口，情绪终于平静下来。

黑田拿着杯子，躺在双人床上，抬头看着天花板。墙纸有了裂缝，床板咯吱作响，地毯也褪色了。他定的是最好的房间，但毕竟是乡下的旅馆。

不过，正对着床有一台巨大的彩色电视机，这倒无愧于豪华套房的名头。

映在显像管上的是东京奥林匹克运动会开幕式的画面。

“这是一个美好的秋日，就像全世界的蓝天都集中在东京。”

播音员的语气让他盯着画面看了半晌。

出了防空洞，他只想着离那边越远越好，再加上想要找个地方漱口的欲望，等回过神来的时候发现自己已经在邻镇的旅馆办好了入住手续。

一进房间，他就关在洗手间里反复漱了几十次口，但嘴里残留的古怪味道始终清理不掉。最后他用客房里的啤酒漱口，再用纯威士忌消毒，这才终于舒服了一些。

……今天真是可怕的一天。

不过，也可以认为这是摆脱厄运的一天。接下来应该苦尽甘来了。

然而不管怎么安慰自己，还是兴奋不起来。

有一种无法形容的厌恶感，始终挥之不去。

就像那个黑暗洞穴里有个可怕的恶灵附在自己身上，一直跟到这里似的……

别自己吓唬自己。振作点。

刚刚几个小时前，自己还被人用猎枪指着，看到了一具白骨尸骸，还徒手去摸过，最后更是冒着生命危险，被逼吃下了十八年前的变质罐头。能在这一连串的经历下兴奋起来，只有疯子才办得到。

就在这时，黑田忽然反应过来，看了看墙上的挂钟。

距离逃出防空洞已经过了四个小时。

他本来担心河豚毒素的作用会过一段时间才显现，不过现在应该安全了。并没有出现身体麻痹的感觉。

但那种厌恶感还是没有丝毫减退。

电视上，各国的入场式还在继续。人们在欢呼声中庆祝着这一象征日本复兴的体育盛事。然而黑田身边却好像一直静静蹲守着某种不明来历的妖怪。

2012年7月28日11时19分

“主任，孩子们可以回去了吗？”

“啊，回去吧。身份确认了吗？”

菱川警部补[1]强忍着打哈欠的冲动问。看伦敦奥林匹克运动会的开幕式一直看到凌晨，实在困得不行了。

“确认了。我们重点调查了村里的老年人，基本上确定是一个名叫矶部武雄的男性。”细野刑警看着笔记本回答说。

“基本上？”

“矶部武雄在停战的第二年，也就是1946年失踪。据说当时身穿白麻西服和船夫帽，和尸体的服装一致。”

“1946年……六十六年前啊！时效的四倍多了。这都不能叫

1 警部补，日本警察的阶级之一，位居警部之下，巡察部长之上，负责担任警察实务与现场监督的工作。

白骨，简直是化石了。”

菱川忍不住笑了一声。今天是周六，只要迅速处理完这件事，下午就能去“Poison”酒吧，和妈妈桑打情骂俏了。

“不过，死亡时期不明，所以还不能断言说有没有超出时效。而且时效制度两年前也废止了。”细野严肃地说。菱川皱起眉头。这小子，活着到底有什么乐趣？

“混蛋！时效制度的废止，只针对到2010年4月27日还没过时效的案件！那个倒霉蛋怎么看都死了几十年吧？”

菱川恶狠狠地骂着细野，忽然间心里生出一个疑问。

“不过，那个矶部，为什么会死在防空洞里？”

“矶部在战后通过私酿酒渣酒赚了不少钱，但也惹了不少纠纷，所以周围人以为他失踪了，但看起来像是自杀。白骨状态的尸体很难确定死因，而且过了这么多年，详细情况也弄不清了。”

酒渣酒，战后废墟上的黑市……一切都是遥远的历史。

“……话说回来，六十六年都没发现尸体，也是很奇怪。”

“战后很长时间都没有人去过防空洞。一方面没有去的必要，另一方面还有幽灵出没的传闻。”

细野好像真的仔细打听过。

“那个防空洞是谁管理的？”

菱川斜眼看着防空洞。朽坏的木门被拆下来放在一边，露出黑乎乎的洞口。看来看去都像是受诅咒的坟墓。

“说不上管理，基本上是放任不管的状态。这是战争期间在自家后院挖出来的防空洞，所以算是这家人的私有物。目前的所有权人是住在东京的女性，名叫佐久间满子。”

细野看着笔记本，压低声音说。

“不过有一点我很好奇。矶部武雄是这位佐久间满子的亲生父亲。”

“什么？”

菱川皱起眉头。刑警的直觉告诉他，这里面有某种内幕。

“矶部失踪以后，满子被佐久间家收养，成为他们家的养女。”

“咦？可能是那个满子杀的吗？”

“不可能。六十六年前，她才六岁。”

细野面无表情地回答。

“要说可能，也是满子的养父佐久间茂有这种可能。但如果这是杀人案件，就很难解释为什么一直把尸体留在防空洞里。他有足够的时间处理尸体。”

“知道了，知道了，总之沿着自杀这条线尽快处理吧！”

菱川不耐烦地挥挥手。就算这是一起杀人案，现在也不可能剩下什么证据。

就在这时，细野的警用手机响了。细野接起来说了一阵，然后面无表情地报告说：

“鉴定部门的电话，关于白骨上遗留的指纹。”

“指纹？干吗要采集那东西？”

多事。菱川真的很生气。为什么你小子总喜欢增加工作量？

“几十年前的指纹怎么可能留到今天？验出的指纹肯定都是

最近粘上去的，有人碰巧发现骨头，随便摸了一下吧？”

通常的指纹都是手指和手掌的纹理中残留的皮脂，在最好的状态下也只能保存几个月。

“很老的指纹，好像是用沾了黏土的手摸在骨头上留下来的。”

“黏土？”

“防空洞里的土是黏土。而且，现场的玻璃碎片上也附着了明显相同的指纹。”

这么说来，保留几十年也不奇怪了。

“然后呢？找到指纹是谁的了？”

“在库里核对发现，和很早以前的前科犯一致。”

细野淡淡地报告。

“那人名叫黑田正雪，是这个村子的人，赌博拘留三次，伤害与盗窃各一次。”

“年纪相当大了吧？”

“已经死了。”

登记在警察厅数据库中的指纹，即使本人死亡，也会继续保留很长时间。

“混蛋！人都死了，知道是他的指纹，有什么意义？”

菱川烦躁地骂了一句。本来能用自杀了结的案子，偏要费劲调查半天，结果只是得出一个嫌疑人死亡的无意义结论，这真是太闲得慌了。

“不，这样就可以断定矶部武雄的死亡是在1964年以前，距今四十八年前，所以确实过了诉讼时效。”

“1964年……东京奥林匹克之年啊！但你怎么知道矶部死亡时间在那之前？”

“因为黑田死亡的日期是1964年10月11日。这就是说，在那以前，矶部的尸体已经化成白骨了。”

1964年10月11日10时29分

黑田吓了一跳，猛然瞪大眼睛。

昨天晚上好像喝醉睡着了。

但为什么又突然醒了？

从未有过的战栗感，以及自己仿佛做了无可挽回之事的焦躁感，慢慢爬上心头。

够了。别再疑神疑鬼了。

黑田打开电视。

屏幕里正在转播奥运会的摔跤比赛。还只是预赛，但已经是彩色画面了。两名运动员分别穿着红蓝队服，正在不断移动，试图压制对方。

看着屏幕，黑田忽然感到一阵恶心。他站起身来，脚下有些虚浮，用手撑着墙壁，走进浴室。

黑田朝着洗脸池大肆呕吐。

混合着胃酸的威士忌气味强烈地刺激着鼻子。醇厚的泥炭与木桶的芳香，此刻都变得木醋般恶心。因为几乎没吃什么东西，所以固形物只有花生米的碎片。

黑田呕吐不止，同时陷入可怕的疑问中。

难道那个罐头里下了毒？我是不是快死了？

但是，拖到现在才发作，这可能吗？

他看看手表，10 点 30 分。河豚毒素虽然需要经过一段时间才会出现症状，但自从他在那个老防空洞里吃过以后，已经过了整整一天了。

不可能的，哪会有这种事……

他正要伸手摸自己的额头，忽然吓了一跳。自己的手掌显出了重影。

他望向洗面台上的镜子。那里面照出来的自己，也像电视里的幽灵一样，叠成了两个。

他用力擦了半天眼睛，但看到的景象并没有好转，而且似乎愈发严重了。

他踉踉跄跄走出浴室，伸手去拿床头的电话。就在他拿起听筒前，电话先响了起来。

他吃了一惊，拿起听筒贴在耳朵上。

“黑田先生，有您的电话。”

是前台的声音。黑田正要求救，电话已经切换到外线了。

“喂……”

传来满子的声音。

“黑田？能听见吗？”

“小满……我……毒……”

他想问，但舌头不听使唤，说不出话来。

“你仔细听着。”

满子平静地说。

“你的生命已经所剩无几了。所以至少我要告诉你发生了什么。”

“什么……什么，我——”

大量唾液从唇边滴落，冲走了他的话语。

“你选错了。矶部确实选了烧酒。如果他选了罐头，就能活命了。到这里为止，你的推理都很正确。但是，过了十八年，正解反过来了。”

“反……？”

满子的声音就像是在调整广播电台的频率，忽远忽近。

“在保健所分析了烧酒和罐头的成分……结果很惊讶……矶部武雄……烧酒……完全无毒……氰化钠……最让人惊讶的……大量……害怕……销毁……改了主意……”

黑田努力去听话筒里传来的满子的声音，但在剧烈的耳鸣中，只能断断续续听到一点片段。头上的汗水像瀑布一样滚落。

“日记……不能原谅……土壤里……大海里……肠道……煮沸……”

满子的话已经完全听不明白了。

腿上失去了知觉。黑田栽倒在地，听筒从手上滚了出去。

刺眼。房间的日光灯，就像奥林匹克会场的照明灯一样刺眼，灼烧着视网膜。

黑田躺在地上，喘不上气。

他抽搐了好几下，意识逐渐模糊。

黑田最后所感觉到的，是被拖向地狱深处的无限恐惧。

1964年10月11日10时33分

看来黑田住在旅馆里价格最高的豪华套房里。满子握紧公用电话的听筒。

前台一接通电话，几乎同时便传来对面的动静。

“喂……”

没有应答。

“黑田？能听见吗？”

“小满……我……毒……”

喘息声中混杂着含混不清的声音，像是喝得烂醉一样。似乎毒药已经生效了。

“你仔细听着。”

满子尽力保持着平静说。

“你的生命已经所剩无几了。所以至少我要告诉你发生了什么。”

“什么……什么，我——”

后半部分夹杂着滴滴答答的声音。满子有点担心对方还能不能理解自己接下来要说的话。

“你选错了。矶部确实选了烧酒。如果他选了罐头，就能活命了。到这里为止，你的推理都很正确。但是，过了十八年，正解反过来了。”

“反……？”

“这要从一开始说起。大约半年前，我发现了父亲藏在屋顶上的日记。内容很吓人，让我半信半疑。但是，打开防空洞，我发现矶部武雄的白骨尸体还在里面，烧酒和罐头也都在。”

满子飞快地说下去。气温很低，但汗津津的手掌几乎抓不住听筒。

“为了验证日记的内容，我在保健所分析了烧酒和罐头的成分。结果很惊讶，杀死了矶部武雄的烧酒已经完全无毒了。氰化钠和二氧化碳结合，变成了碳酸氢钠。劣质烧酒本来就没做排气，含有大量二氧化碳……所以如果你选择烧酒，那就能活下来。”

满子舔了舔嘴唇。

“不过最让人惊讶的还是罐头。明明经过煮沸消毒，但不知什么原因，从里面检测出了大量的肉毒杆菌，让人害怕……我想马上把它们销毁掉，但又改了主意，决定保留下来用作研究材料。”

说话间，喉咙似乎越来越干。

“史子自杀的时候，我想起了父亲的日记和那些罐头。”

满子心中苦涩，她深深吸了一口气，接着往下说。

“……是你害死了史子，绝不能原谅你。但是，我也不可能亲自动手。所以我决定用上父亲留下的罐头和烧酒，请上帝审判你。父亲的日记里写过，罪人必然会做出错误的选择。所以你是不是真正的罪人，取决于你选择什么。”

黑田一言不发，只听见凌乱的呼吸声。

“……你知道肉毒杆菌吗？土壤里、大海里、泥沙里，到处都是，很常见的细菌。它们不能在有氧气的环境里生存，但能在罐头这样隔绝空气的密闭环境里繁殖，产生致命的毒素。当年导致欧洲无数人死亡的‘肠道中毒’，罪魁祸首也是肉毒杆菌。”

黑田依旧沉默不语。末梢神经的麻痹好像已经很严重了，连他能不能听到都不知道。

“但是，据说河豚卵巢在封罐之前就煮沸过，那为什么还会有肉毒杆菌呢？这个问题确实很奇怪，所以我去查了相关的文献。

“肉毒杆菌遇到危险会产生芽孢。它在细胞内侧生出坚固的膜，进入假死状态，保护自己的基因。附着在河豚卵巢上的肉毒杆菌，在盐腌的时候一齐变成了芽孢。肉毒杆菌的芽孢非常耐热，100℃的沸水需要6小时才能完全灭菌。除非一开始就煮沸，否则变成芽孢以后，再煮沸就几乎无效了。”

电话另一头传来什么东西撞击的声音。

“而且，从盐腌改成泡麸皮，再煮沸，盐分的浓度进一步降低，这就让肉毒杆菌可以在罐头内部慢慢繁殖。十八年过去，现在罐头已经变成了肉毒杆菌的巢穴……它们产生的肉毒毒素是自然界最强的毒素，比河豚毒素和黄曲霉毒素强了不止一个数量级。”

满子说不下去了。她知道黑田已经不在电话的另一头了，但还是必须说到最后。

“你恐怕以为自己没事吧？但肉毒毒素开始对神经系统产生作用，中间有 12 小时到 36 小时的漫长潜伏期。”

泪水夺眶而出。

“所以我给过你提示。十八年，不管是抹去旧的怨恨，还是生出新的怨念，都足够了。”

再怎么仔细听，也听不到任何声音。

“再见了。”

满子向死者低语一声，轻轻放下了话筒。

译后记

打破类型的类型作家

贵志祐介不是高产的作家。自从 1996 年以小说《十三番目の人格 ISOLA》出道以来，二十多年里出版的小说只有十几部，平均下来差不多两年才出一部，在以类型文学立足的小说家中算是异数。

这一本《红雨》也是时隔两年半才问世的新刊，而且这本短篇集中收录的四篇作品都不是真正意义上的新作：《夜的记忆》写于 1987 年，彼时距离贵志祐介的处女作问世还有将近十年；《咒文》是 2009 年的作品，也是在《来自新世界》发表后不久一气呵成的小说；《罪人的选择》写于 2012 年；《红雨》则是自 2015 年起用了两年时间连载的故事。创作速度可谓慢得令人发指。

不过创作速度慢带来的优点则是质量的保证，这一点各位读者读过之后想必会有自己的评价。作为译者只想说的是，这几篇故事如果搬上银幕，想必不会比第一季的《黑镜》或《爱死机》逊色。

抛开创作频率不说，这本选集的时间跨度还是颇为引人关注的。那为什么作者要将跨越了三十年的小说集结在一起出版呢？

贵志祐介在接受访谈时说过这样一段话："国家、企业、掌权者，甚至包括整个人类种族，都免不了灭亡的命运。时间才是最强大的控制者。如何抗衡这样的时间、活出自我，是人类自身的根本所在……我相信人类的本质是记忆和思维。即使客观时间是均匀的，但人类的记忆并不连续，所以在意识中的主观时间也是断续的。我希望通过书写这样的时间流逝，令读者理解时间所具有的残酷与荒谬。"

沿着这样的脉络回顾四篇小说，也许更能理解作者的深意。《夜的记忆》中最惊艳的部分莫过于以超声作为视觉的异星生物，但整个故事的主题则是在双线叙事的形式下探讨人类本质的问题；《咒文》则沿用了《来自新世界》中的念动力设定，全篇写的都是底层人类不自觉的自害与互害，不过结尾处还是暗示了再强大的企业也有崩溃的一天；《罪人的选择》是时间主题最为明确的一篇，前后两次选择既是在拷问人性，也可视为时间具有改变一切的强大力量；《红雨》中描绘了地球生态濒临崩溃的末日景象，但也同样是在时间与演化的作用下，留下了恢复生机的一线希望。

时间是科幻小说中的常见主题，不过以时间为主题的科幻小说大多着眼于探讨时间本身的奇异属性，小林泰三《醉步男》、特德姜《你一生的故事》等等莫不如是。但贵志祐介并不是纯粹的科幻作家，他关心的并不是时间具有哪些违背普通人常识的性质，而是与时间相关的人物关系和社会关系。贵志祐介笔下的时间并没有那么多的神秘色彩，它更像是我们日常所理解的那种时间。然而越是普通，越呈现出时间本身固有的冷漠无情。从这一意义上说，贵志祐介的时间更像是对 H.G. 威尔斯的继承：即使能用“时间机器”跳跃到千万年后的世界，依然不能摆脱时间——以及人类社会在时间维度中固化的发展规律。

严格说来，贵志祐介的作品，恐怖·悬疑的风格要比科幻风格更强。即使是《来自新世界》这样标准的科幻小说，也有着浓厚的恐怖·悬疑色彩，更不用说《莲实的课堂》《青之炎》这些社会题材的小说。在贵志祐介看来，科幻更像是一种小说技法，而非某种文学类型。

“科幻小说中有这样的技法：将某种变化推演到极致，预测社会与人类将会如何演变，指出怎样的变化最为可怕。”贵志祐介写科幻的理由，和他写悬疑、奇幻的理由并没有不同，只是因为想要表达的主题刚好适合采用科幻色彩的故事讲述出来罢了。

其实给作品贴标签并没有意义，给作家贴标签更没有意义。

一位作家并不会因为所写的作品是科幻就高人或者低人一等，奇幻、推理、悬疑，甚至网络文学和纯文学都是同理。所以本书在选择了三篇科幻小说的同时，偏偏又插进了一篇味道非常纯正的悬疑小说，这大约也隐含了作者对类型标签的态度吧。

丁丁虫

图书在版编目（CIP）数据

红雨 /（日）贵志祐介著；丁丁虫译. — 北京：北京理工大学出版社，2022.4（2023.6重印）
ISBN 978-7-5763-1067-2

Ⅰ. ①红… Ⅱ. ①贵… ②丁… Ⅲ. ①幻想小说—小说集—日本—现代 Ⅳ. ①I313.45

中国版本图书馆CIP数据核字（2022）第030968号

北京市版权局著作权合同登记号 图字：01-2022-0298

出版发行 / 北京理工大学出版社有限责任公司
社　　址 / 北京市海淀区中关村南大街5号
邮　　编 / 100081
电　　话 /（010）68914775（总编室）
（010）82562903（教材售后服务热线）
（010）68944723（其他图书服务热线）
网　　址 / http://www.bitpress.com.cn
经　　销 / 全国各地新华书店
印　　刷 / 三河市华骏印务包装有限公司
开　　本 / 880毫米×1230毫米　1/32
印　　张 / 8.625
字　　数 / 169千字
版　　次 / 2022年4月第1版　2023年6月第2次印刷
定　　价 / 56.00元

责任编辑 / 高　坤
文案编辑 / 李文文
责任校对 / 刘亚男
责任印制 / 施胜娟

图书出现印装质量问题，请拨打售后服务热线，本社负责调换